샤이닝 위저드

SHINING WIZARD

샤이닝워저드 5

김운영 판타지 장편 소설

초판 1쇄 찍은 날 § 2007년 1월 22일
초판 1쇄 펴낸 날 § 2007년 1월 30일

지은이 § 김운영
펴낸이 § 서경석

편집장 § 문혜영
편집책임 § 최하나
편집 § 문정흠

펴낸곳 § 도서출판 청어람
등록번호 § 제1081-1-89호
등록일자 § 1999. 5. 31
어람번호 § 제1-0790호

주소 § 경기도 부천시 원미구 심곡1동 350-1 남성B/D 3F (우) 420-011
전화 § 032-656-4452 팩스 § 032-656-4453
http://www.chungeoram.com
E-mail § eoram99@chollian.net

ISBN 978-89-251-0512-3 04810
ISBN 89-251-0209-9 (세트)

샤이닝 위저드

5

완결

| 육체와 영혼의 빛 |

김운영 퓨전 판타지
Fantasy Frontier

SHINING WIZARD

청어람

CONTENTS

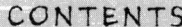

Chapter 1

섀이드

검은 빛깔을 띤 여섯 마리의 뱀은 정말로 살아 있는 것처럼 혀를 널름거리며 몸을 이리저리 비틀었다. 원래대로라면 피로 만들어져야 하는 뱀인데, 섀이드는 그림자의 기운으로 그것을 재현한 듯했다.

위력은 어떨까? 라크는 섀이드의 눈을 보았다. 흉포함 속에서 자신감이 느껴졌다.

"크르르, 피가 있는 존재는 이놈들을 피할 수 없다."

"그렇다고 하더군."

말버릇은 완전히 생전의 도사르와 같다.

라크는 한쪽에 있는 탐린을 보았다. 그녀 역시 비장한 얼굴로 새이드를 노려보고 있었다. 뉴도 빈틈만 있으면 언제든지 공격해 들어갈 준비가 되어 있어 보인다.

'팀웍으로 승부한다!'

라크는 속전속결을 위해 공격을 조율하기로 결심했다. 전원의 공격이 하나로 집중될 수 있도록 하는 것이 바로 마법사의 중요한 역할 중 하나이다.

스윽―

라크가 조심스럽게 앞으로 한 발을 내밀자 뉴가 그것에 따라 반응을 해왔다. 둘이서 함께 지내온 세월이 이젠 말을 하지 않아도 서로 뜻이 통하게 만들었다.

'역시 뉴. 그렇다면 공격의 순간은 탐린에게 맞춰야겠군.'

아무래도 탐린 쪽에서 라크의 움직임에 맞추기는 어려울 것이다. 반대로 라크가 탐린의 움직임을 따라잡는 것은 쉽다. 위치와 관계없이 마법을 사용하여 공격할 수 있기 때문이다.

하지만 먼저 공격을 하라고 하면 탐린이 위험하다. 그렇다면?

라크는 계산을 끝내고 탐린에게 말했다.

"탐린, 저를 따라 공격하세요."

"알았어요."

그녀가 호흡을 조절하며 대답한다. 경험이 부족할 뿐, 기본적으로 뛰어난 전사라는 것은 의심할 여지가 없다.

라크는 즉시 손을 썼다.

"더블 미사일!"

파파파파파팡!

십여 개의 매직 미사일이 섀이드를 향해 날아갔다. 하급의 공격 마법이지만 수가 많으면 상대를 현혹시킬 수 있다. 말이 더블 미사일이지 더더더블 미사일이라고 해도 부족하다.

하지만 섀이드는 거기에 반응하지 않았다. 매직 미사일은 그대로 그의 몸에 날아가 박혔지만 비스킷 깨지는 소리와 함께 한순간에 사라져 버렸다.

아무래도 하급의 공격 마법에 대해서는 완전한 면역력을 가지고 있는 듯했다.

"너 잘났다! 파이어 볼!"

슈웅, 쾅!

불덩어리가 날아가 섀이드의 바로 앞쪽에서 터졌다.

라크는 미동도 하지 않는 상대의 태도로 보아 3서클의 마법도 소용이 없다는 것을 알았다. 하지만 이번 것은 폭발의 불꽃으로 상대의 눈을 가리기 위한 것!

아무 소리 없이 라크의 손이 움직이자 두 개의 엷은 막이 생성되어 섀이드를 덮쳤다.

"이때에요!"

라크의 외침에 탐린은 즉시 반응하여 앞으로 돌진했다. 여섯 마리의 검은 뱀이 두려웠지만 라크를 믿었다.

과연 라크가 만들어낸 막은 순간적으로 뱀들을 덮어 움직이지 못하게 했다. 영원히 막을 수는 없지만 일순간은 무력화시킬 수 있을 듯했다.

"타핫!"

휘이이잉―

바람을 동반한 전투 도끼의 공격은 바위도 가볍게 가를 수 있을 정도로 위력적이었다. 그리고 그 안에는 프로스트 자이언트의 강한 힘이 담겨 있었다.

"크아!"

캉, 파파파팍!

섀이드는 거친 괴성을 지르며 자신의 팔로 전투 도끼를 막았다. 그러나 도끼의 날은 막았어도 바람의 날은 막지 못해 그의 몸이 단숨에 네 가닥으로 갈라졌다.

동시에 어느새 땅으로부터 튀어나온 뉴가 섀이드의 팔목을 물어뜯었다. 팔에 연결된 뱀들의 움직임을 막으려는 것 같았다.

과연 그쪽 팔에 달려 있는 세 마리의 뱀이 괴로움에 몸을 배배 꼬며 제대로 움직이지 못했다.

하지만 팔은 두 개, 다른 한 팔에 남아 있는 세 마리의 뱀 중 하나가 뉴를 통째로 삼키려 하고, 다른 두 마리는 탐린의 뒤를 돌아 그녀를 휘감아 버리려 했다.

"어딜!"

탐린은 크게 호통을 치며 연속적으로 전투 도끼를 휘둘렀다. 단순히 무식한 움직임이 아닌 거치면서도 정교한 거인족 특유의 도끼질이었다.

그것은 정확하게 두 마리의 뱀의 머리를 치고 다시 섀이드의 몸을 몇 개로 쪼갰다.

그리고 마지막으로 다시 라크의 공격 마법이 작열했다. 라크가 적의 움직임을 막는 사이 탐린부터 연속적으로 공격을 하는 작전이 그대로 먹히는 듯싶었다.

"소멸!"

모든 것을 파괴하는 마법의 구체가 섀이드의 몸에 정확하게 틀어박혔다. 공격 마법 중에서도 가장 강력한 파괴력을 가지는 무속성의 마법!

섀이드의 몸이 펑! 하는 소리와 함께 터졌다. 검은 혈액이 사방으로 튀어 땅과 뉴, 그리고 탐린을 덮쳤다.

"위험해!"

라크는 순간적으로 이건 아니라는 생각에 급히 외쳤다. 그러나 약간 늦었다.

"아악!"

"에고, 이건 뭐냐? 뉴."

탐린의 비명 소리와 뉴의 투덜거림이 동시에 들려왔다.

몸에 튀긴 검은 피는 문신처럼 대상의 피부에 달라붙었다. 그리고 그것들은 점점 주변으로 퍼져 나갔다.

"몸이 움직이지 않아요!"

"이상한 마법이네요. 먹으려면 시간이 좀 걸릴 것 같아요. 뉴."

뉴도 기분이 좋지 않은지 코를 킁킁거리며 땅을 이리저리 굴렀다.

그때 몸이 터져 무릎 아래쪽만 남아 있던 섀이드의 몸이 다시 원상태로 복구되었다.

"크크크, 피는 피를 부른다. 어떠냐? 내 피 맛이."

섀이드는 아무렇지도 않은 듯 다시 두 손바닥으로부터 검은 그림자의 기운을 발산하여 육두의 뱀으로 바꾸었다.

방금 전 터져 버린 몸 따위는 자신의 것이 아니었다는 투였다.

사사사사―

새로운 육두의 뱀은 몸을 움직이지 못하는 탐린을 향해 쇄도했다.

"푸시푸시 핸드!"

라크는 황급히 주문을 외웠고, 곧 거대한 손이 허공으로부터 나타나 섀이드를 밀어버렸다. 손이 워낙 컸기에 육두의 뱀이 그걸 파괴하는 데에는 시간이 걸릴 것이다.

그사이 라크는 탐린을 끌어안고 뒤쪽으로 뛰었다.

"괜찮아요?"

"아아흑, 나, 나는."

탐린은 거의 정신이 없는 듯했다. 그때 한참 푸시푸시 핸드를 파괴하던 섀이드가 날카로운 목소리로 외쳤다.

"그놈을 공격해라!"

"아아악!"

탐린이 비명을 질렀다. 그리고는 두 손에 쥐고 있던 전투 도끼를 저도 모르게 휘두르기 시작했다.

"젠장!"

라크는 급히 몸을 날려 그것을 피했다. 다행히도 그녀가 도끼의 마법을 사용하지 않았기에 바람의 날은 생성되지 않았다.

"조종당하는 건가요? 의식은 있어요?"

"아아악! 몸이!"

탐린은 다시 비명을 질렀다. 그리고는 필사적으로 자신이 라크를 공격하려는 것을 막으려 했다.

근육이 뒤틀리는 고통! 몸속의 피가 반란을 일으킨 것처럼 끓어오르고 심장이 찢어질 듯 아팠다.

"크르르르, 참을 수 없을 것이다. 너의 피는 이미 모두 나의 소유가 되었다. 싸워라! 그리고 새로운 피를 얻어라!"

"아아악!"

가중되는 고통! 탐린은 전신의 감각이 모두 사라지고 몸이 제멋대로 움직이려 하는 것을 느꼈다. 그녀는 스스로 목숨을 끊으려 했지만 그것조차 마음대로 되지 않았다.

라크는 어쩔 수 없이 마법으로 그녀의 몸을 속박하려 했다. 자신의 작전 미스로 인해 탐린이 고통을 받는 것이 괴로웠지만 지금은 전투 중, 냉정하게 싸워야 한다.

그리고 아직 라크에겐 조력자가 있었다.

"뉴뉴뉴뉴!"

뒤쪽에서 뉴가 달려와 탐린의 종아리를 깨물었다. 그리고는 탐린의 몸속에 있는 섀이드의 검은 피를 빼내었다. 그때서야 탐린은 감각이 정상으로 돌아와 몸을 부르르 떨었다.

섀이드는 화가 나서 외쳤다.

"피를 빨아먹는 마수인가?"

자신의 몸을 터뜨려 가면서까지 시전한 상위 마법 블러드 봄이 작은 패럿 한 마리에 의해 무산되었으니 그 분노를 참을 수가 없었다.

"카아아!"

섀이드가 비명을 지르자 뱀 중 한 마리가 쑤욱 늘어나 그대로 뉴를 향해 뻗어 나갔다.

뱀의 머리가 갑자기 서너 배나 커지고 다시 입을 벌리자 사람 하나를 통째로 삼킬 수 있을 정도가 되었다.

"뉴우!"

뉴는 그대로 땅속으로 숨었다. 그리고 라크가 한 걸음 나와 뱀 앞쪽에 방어막을 쳤다.

캉, 사아아아아―

방어막에 부딪친 뱀이 터지며 검은 물을 사방에 튕겼다. 그런데 방어막이 그 검은 물에 닿자 그대로 녹아버리는 것이 아닌가!

"단순한 그림자의 기운이 아니군. 절반은 피로 이루어진 것인가?"

어떻게 그럴 수가 있는지 이해가 되지 않았다. 하지만 한 가지만은 확실하다. 저 섀이드란 놈이나 뱀을 건드리면 터진다. 그리고 터진 파편에 맞으면 위험하다!

"어떻게 하지요?"

탐린이 물었다.

"글쎄요."

별로 좋은 방법이 생각나지 않았다.

마법으로 타격을 입히는 게 가장 확실한데, 섀이드란 놈의 마력이 라크보다 위에 있으니 그것만으로는 힘들다. 그렇다고 접근전을 하면? 공격이 곧 자살 행위가 되어버릴 것이다.

"곤란한 마법이군. 전사와는 상극인 셈인가?"

어째서 섀이드가 탐린과 뉴가 같이 덤비려 해도 전혀 경계하지 않았는지를 알 수 있었다. 그나마 뉴가 없었다면 크게 고생했을 것이다.

"그런데 저자는 어떻게 몸이 터지고도 멀쩡하지요? 인간은 원래 그런가요?"

"아닙니다, 탐린. 무슨 마법의 효과 같은데, 그 원리는 저도 잘 모르겠군요."

"예."

탐린은 다행이라는 듯 고개를 끄덕였다. 라크도 저런 식이라면 얼마나 징그럽겠는가?

문제는 몸이 터져도 죽지 않는다는 것에 있다.

라크는 생각했다. 분신인가? 본체는 다른 곳에 숨어서 지켜보고 있을지도 모른다.

"플레임 필드!"

화르르륵!

라크의 몸 주변으로부터 사방으로 불꽃이 튀어 나가 들판을 태우기 시작했다. 눈 깜짝할 사이에 일대의 모든 지역이 불길에 휩싸여 버렸다.

그사이 라크는 사방을 살폈다. 진짜가 있다면 설령 죽일 수는 없더라도 불길에 그 영향이 나타난다. 모습을 감춰도 존재하는 이상 불꽃이 흔들릴 것이다.

그러나 아무런 이상도 발견할 수 없었다. 결국 숨어 있는 자는 없다는 결론을 얻었다.

"정말 저놈이 본체라는 소리군."

라크는 섀이드를 노려보았다. 죽어도 죽지 않는 자! 새로운 섀도우 가디언이 아닐까?

생각하는 동안에도 시간은 흐른다.

섀이드는 적극적으로 공격에 나서기로 결심했는지 몸을 날려 라크를 향해 돌진했다. 동시에 여섯 마리의 뱀을 사방으로 퍼뜨려 라크를 포위하는 형태를 만들었다.

"카아, 죽어라! 블러드 스플래쉬!"

퍼퍼퍼퍼퍼펑!

놀랍게도 여섯 마리 뱀의 머리와 섀이드의 몸이 동시에 터졌다. 공격을 당하지 않아도 스스로 터뜨릴 수 있었던 것이다.

사방이 검은 물로 뒤덮였다. 라크의 주변에는 방어막이 있었지만 검은 물의 양이 너무 많아서인지 그대로 녹아버렸다.

라크는 급히 몸을 낮추며 자신의 손을 땅바닥에 대었다.

"디그!"

팍!

커다란 구멍이 뚫리며 라크와 탐린의 몸이 그대로 땅바닥 아래로 떨어졌다. 그리고 다시 라크의 목소리가 울려 퍼지더니 흙이 뒤집히며 땅을 덮었다.

촤아아악!

검은 물은 땅을 적셨다. 그러나 라크가 있는 아래쪽까지 스며들지는 못했다. 그러자 검은 물은 스스로 움직여 하나로 뭉쳤다. 섀이드가 다시 그 자리에 나타났다.

"크르르, 임기응변이 좋군. 하지만 끝까지 나의 피를 피할 순 없다. 블러드 체이서!"

파파파팍!

핏방울이 실처럼 얇게 변해 땅속에 박혔다. 그리고 그 피의 실은 살아 있는 생명체를 향해 땅을 헤집고 들어갔다.

땅속으로 들어가면 움직임이 둔해진다. 섀이드의 블러드 체이서는 그런 상대를 공격하기 위해 만들어진 공격법으로, 움직임은 빠르지 않지만 확실하게 적을 찾아내는 기능이 있었다.

그런데 라크는 단순히 피하기 위해 땅속으로 들어간 것이 아니었다.

쾅!

굉음과 함께 땅거죽이 다시 한 번 뒤집혔다. 바로 섀이드의 발아래에서!

샤이드는 그대로 땅속에 파묻혔다. 그리고 뒤집히는 땅속에서 튀어나온 것은 바로 라크와 탐린, 그리고 뉴였다.

"극한의 화염!"

화염계 최고의 상위 마법 중 하나가 시전되자 땅이 지글지글 끓기 시작했다. 흙이 녹아 용암이 될 정도의 열기였다.

땅속으로부터 스믈스믈 기어나오던 피의 촉수들에 불이 붙어 증발되기 시작했다. 검은 안개가 라크가 떠 있는 아래쪽에서 피어올랐다.

그때 탐린이 그녀의 전투 도끼를 크게 휘두르며 외쳤다.

"북풍의 외침!"

위이이이잉―

눈보라가 섞인 돌풍이 생성되어 검은 안개를 걷어내었다. 땅은 열기로 끓어오르고 그 위쪽 공간은 북풍으로 얼어붙는 상황이다.

"어떠냐? 네놈이 아무리 터져도 멀쩡한 핏덩어리라고 해도 불로 구워서 바람으로 날려 버리면 견딜 수 없겠지!"

이렇게까지 했는데 살아 있으면 그건 사람이 아니다. 샤이드라고 해도 소멸될 것이다. 라크는 그렇게 생각했다.

하지만 그는 결코 마음을 놓지 않았다. 수많은 전투가 그에게 만에 하나라는 경계심을 주었기 때문이다.

그것이 라크를 살렸다.

팍!

"에잇!"

갑자기 라크의 발 아래쪽이 터지며 검은 피가 분수처럼 솟아올랐다. 피할 수 없는 공격! 그러나 땅이 볼록해지는 것을 이미 발의 감각으로 느꼈다.

라크는 놀랄 틈도 없이 그대로 몸을 날려 가까스로 피분수를 피할 수 있었다.

핏덩어리는 허공에서 뭉쳐 하나의 커다란 새의 모습이 되었다. 냉기의 바람도 날려 보낼 수 없을 정도로 커다란 새였다. 새는 기묘한 울음소리와 함께 라크를 저주했다.

"키이이이이! 나의 몸을 세 번이나 파괴하다니! 죽여 버리겠다!"

"변신도 하네. 언제는 죽이려 안 했나? 뉴!"

"뉴우!"

뉴가 라크의 머리를 디딤대로 삼고 폴짝 뛰었다. 검은 피로 만들어진 새를 향해서. 피의 새는 놀라서 피하려 했지만 뉴가 약간 빨랐다. 뉴는 피의 새의 다리 하나를 물어뜯었다.

그 순간 팍! 하는 소리와 함께 앞발이 통째로 뜯겨져 나가며 뉴는 다시 떨어졌다. 때마침 탐린이 자신의 전투 도끼를 피의 새에게 던졌다.

위이이잉—

네 개나 되는 바람의 칼날을 생성시킨 마법의 전투 도끼는 스스로 일으킨 바람을 타고 날았다.

뉴는 '이때다!' 하는 심정으로 자신의 몸을 최대한 가볍게 하여 바람에 몸을 맡겼다. 바람이 노리는 대상도 피의 새였기 때문에 뉴는 새의 머리 위까지 날아오를 수 있었다.

파파파팍!

"끼이이이이!"

전투 도끼가 새의 날개 한쪽을 터뜨려 버리고, 뒤이어 바람의 칼날이 다시 새의 몸통을 갈랐다. 그러나 이번에는 새의 몸이 터지지 않았다.

뉴는 즉시 갈라진 틈으로 파고들어 피에 담긴 마력을 빨아먹기 시작했다.

"엡퉤퉤, 맛없네. 오엑, 이거 절반쯤은 진짜 피에요. 뉴."

뉴는 불순물이 많아서 입맛에 맞지 않는다는 둥의 투성을 했지만 열심히 빨았다.

피의 새는 상당히 고통스러운지 비명을 지르며 땅에 떨어졌다. 아직 화염에 뒤덮여 있는 땅거죽은 다시 피를 끓여서 증발시켰다.

라크는 그 광경을 냉정한 모습으로 지켜보았다.

원래는 이때 멋진 마법 한 방으로 저놈을 소멸시켜 버려야 한다. 그런데 별로 그러고 싶지 않았다.

라크는 생각했다.

'몇 번이나 죽었는데 다시 살아났다. 흡혈귀하고 같은 건가?'

흡혈귀는 관을 파괴하지 않는 한 몇 번이고 다시 부활한다. 그렇다면 이 근처에 저놈의 관이 있다는 것일까?

어쩌면 리치와 같을지도 모른다. 생명을 몸의 어느 한구석이나 보석 같은 곳에 보관하여 라이프 포스 베셀을 만든다. 그걸 파괴하기 전에는 절대로 죽지 않는다.

'그렇다면 정말 골친데, 이런 상황에서 어떻게 관을 찾지?'

아직도 뉴는 피의 새의 마력을 빨아먹고 있다. 새는 괴로워하며 형태가 일그러졌지만 아무래도 죽을 것 같지는 않았다.

그러던 중 라크는 한 가지를 깨달을 수 있었다.

상대가 되살아나는 시간이 너무 짧다! 흡혈귀나 리치라도 한 번 완전히 몸이 파괴되면 적어도 하루는 있어야 멀쩡해지는데, 도사르는 바로바로 새로운 몸으로 되살아난다. 이건 회복이라는 개념을 벗어난 형태가 아닌가!

"갈아입는 거군!"

라크는 미소를 지었다. 그리고는 곧 정신을 집중하여 주문을 외우기 시작했다.

"가장 뜨거운 불은 바로 마계의 불! 가라, 헬 파이어!"

콰콰콰콰쾅!

전통적인 대인용 최강의 공격 마법이 시전되었다. 뉴는 끝까지 피의 새를 괴롭히다가 결정적인 순간에 살짝 몸을 뺐다. 환상의 타이밍이었다.

하얀색의 화염 구슬은 피의 새의 몸에 부딪쳐 폭발했다. 그것은 거대한 불의 회오리 바람을 형성하여 안쪽을 초고열 상태로 만들었다. 이것으로 피의 새는 흔적도 없이 소멸한다.

그러나 라크는 다시 주문을 시전했다.

"정신력으로 마나를 본다! 아케인 아이!"

스팟!

라크의 두 눈이 빛났다. 그의 눈이 정상적인 시력이 아닌 마나의 시력으로 변하자 사방이 붉고 파란색으로만 이루어진 세계로 변했다. 마나가 밀집되어 있는 곳일수록 붉은색이 강하게 나타났다.

헬 파이어는 최상급의 마법답게 일대를 온통 붉게 물들이고 있었다. 그러나 그 안쪽에는 헬 파이어보다 더욱 붉은 부분이 있었다.

그것은 강력한 결계로 둘러싸여 있었는데, 그 안에서 한 덩어리의 마나가 분리되어 점점 커지고 있었다.

"그것이 너의 몸을 저장하는 곳인가?"

라크는 기분 좋은 웃음을 지었다.

피의 마법사는 액체인 피로 몸을 만들어 그걸 여러 개 들고 다니고 있었다! 평소에는 압축되어 결계 속에 숨겨져 있던 피의 덩어리가 그의 의지에 따라 즉석에서 새로운 몸을 만드는 것이다.

결계를 파괴하는 방법은?

없다. 뉴도 인식하지 못하는 것을 보면 상위 마법으로 만들어진 결계임이 분명했다. 강력한 공간 왜곡의 힘이 작용하는 것이다.

그래도 방법은 있다! 라크는 속으로 그렇게 외치며 즉시 손을 썼다.

"마력이여! 모든 것을 부정하라. 디플렉트 배리어!"

슈아아악!

라크는 강력한 방어막 마법 중 하나인 디플렉트 배리어를 시전했다. 강력한 탄성으로 닿는 모든 것을 튕겨내 버리는 방어막이다.

그런데 그걸 자신의 주위에 친 것이 아니라 상대의 결계 바깥쪽에 딱 붙여서 생성시켰다.

작은 구슬과도 같은 결계 위에 계란만 한 디플렉트 배리어가 다시 쳐졌다. 그러자 막 결계 밖으로 나오던 피의 기운이 디플렉트 배리어에 부딪쳐 파파팍! 하며 터졌다. 그 힘에 의해 방어막이 깨어졌지만 상대의 몸은 실체화되지 못했다.

라크는 계속해서 주문을 시전했다.

"디플렉트 배리어! 디플렉트 배리어! 디플렉트 배리어!"

몸이 몇 개나 되는가 보자. 라크는 속으로 그렇게 중얼거렸다. 생각대로라면 완전히 실체화되기 전에는 제대로 힘을 쓰지 못할 것이다.

뉴가 날아와 라크의 어깨 위에 앉아 라크에게 마력을 주입하기 시작했다. 이렇게 되면 라크는 거의 무한히 마법을 사용할 수 있는 것이다.

파파팍, 파파팍, 파파팍!

이미 헬파이어의 힘은 사라졌다. 땅도 식었다. 탐린은 자신이 집어 던진 전투 도끼를 다시 집어 들고 와 라크가 주문을 시전하는 것을 구경했다.

약 30여 번의 작은 폭발이 이어지다 결국에는 결계에 금이 가더니 그대로 사라져 버렸다. 결국 섀이드의 놈은 30여 개였던 모양이다.

"재미있군. 피에 마법을 걸어 형체화시킨 몸이라니."

전투가 끝나자마자 어느새 옆에 다가와 중얼거리는 파라타였다.

"피의 마법사의 능력인가 보군요."

"그런가 본데? 하지만 저건 별로 좋지 못하지. 원래의 육체를 희생해야 하니까. 그리고 몸을 한 개 만들기 위해서는 그만큼의 피를 흡수해야 하지. 그것도 남의 피를 말이야. 아까보니 그놈의 피가 닿은 자의 피도 같은 성질의 피로 변하는 것 같던데?"

"그래서 도사르는 마력이 있는 자들과 끊임없이 싸운 것이었군요. 그리고 그와 싸워서 지고도 살아남은 자도 없고요."

"그렇겠지. 거의 반쯤은 흡혈귀라고 볼 수 있겠어. 살아 있을 때에도 말이야. 하하하!"

파라타는 크게 웃으면서 이대로 계속 성장했다면 훌륭한 상급 뱀파이어가 될 수 있었을 텐데 하고 중얼거렸다. 아무래도 그런 상급 뱀파이어를 자신의 가디언으로 삼고 싶어 하는 것 같았다.

탐린은 한숨을 쉬며 라크에게 다가와 물었다.

"괜찮아요? 혹시 피가 튄 곳은 없지요?"

"네, 저는 마법사이니 그런 문제가 몸에 생기면 바로 알 수 있어요. 탐린님은 괜찮으세요?"

"괜찮은 것 같긴 한데……."

탐린은 그다지 자신이 없는 어투로 대답했다. 한 번 피가 튀어서 몸의 자유를 빼앗겨 본 그녀는 그때의 기억이 생생했다.

비록 뉴가 마력을 빨아 먹었다고 해도 아직 조금은 남아 있을지도 모른다.

"괜찮다. 내가 다 막아뒀거든."

파라타가 나섰다.

"막아뒀다고요?"

"탐린의 등 뒤에 내 비늘을 하나 붙여뒀지. 모든 사악한 기운은 그 비늘이 해소하게 되어 있다. 아까 저 마수가 처리를 안 했어도 탐린은 곧 멀쩡해졌을 거라는 얘기지."

"아! 드래곤의 비늘에 그런 효능이 있었군요."

"비늘에는 없다. 비늘에 건 내 마법이 그렇단 얘기지. 하하하."

파라타는 의기양양하게 웃었다. 마치 라크에게 '넌 못하지?' 라고 놀리는 것 같았다.

사실 부정한 기운을 물리치는 것은 상급 신성 마법 중 정화계 마법에 속한 것이기 때문에 마법사는 거의 쓰지 못한다.

라크는 피식하고 웃으며 말했다.

"전 못해도 되요. 파라타님이 하실 수 있다면요."

"잉? 내가 하는 게 무슨 상관이냐?"

"우리는 하나잖아요."

닭살 돋는 소리다. 파라타는 두 눈을 부릅뜨고 으르렁대는 목소리로 말했다.

"헛소리 마라! 내가 왜 너하고 하나냐?"

"전투 때 탐린님에게 방어 마법을 걸어주셨으니까요."

"그건 설인거족과의 맹약 때문이다. 넌 죽어도 전혀 상관하지 않아."

"그걸로 충분해요."

"웃기지 마라!"

파라타는 펄펄 뛰었다. 그러나 라크는 그렇게 말을 끊고는 돌아서서 미소를 지었다.

'의외로 순진한데? 열 번 찍어 안 넘어가는 나무가 없다고, 빈틈이 보일 때마다 계속 찌르면 언젠가는 도움이 되겠지.'

라크가 보기에 파라타는 그에게 일종의 질투심 비슷한 것을 느끼는 듯했다.

상위 마법에 흥미를 가졌지만 규율상 배울 수는 없고, 뉴에게도 깊은 관심을 가졌다. 그리고 탐린과 그를 자꾸 이어주려고 하는 것을 보면 뭔가 꿍꿍이가 있는 것이 틀림없다.

라크는 생각 끝에 파라타의 속셈을 짐작할 수 있었다.

하프 자이언트! 이종족 간의 아이는 두 종족의 장점을 한 몸에 지닌다. 단지 자손을 낳지 못하게 될 뿐이다.

전설에 의하면 하프 엘프였던 대마녀 티모라는 인간의 의지와 성취력과 함께 엘프의 기나긴 수명을 동시에 지녔기에 드래곤도 존경하는 위대한 마법사가 되었지 않은가?

그동안 탐린과 여러 가지로 이야기해 본 결과, 거인족에게는 마법사가 없다는 것을 알았다.

어쩌면 저 음흉한 드래곤은 마법을 쓸 수 있는 강력한 마법 전사형 거인의 탄생을 바라는 것일지도 모른다.

'미친 새끼, 내가 무슨 몰모튼지 아나? 계획 교배를 시키게!'

라크는 파라타를 무지하게 욕했다. 하지만 곧 상황이 그렇게 나쁘지만은 않다는 것을 깨달았다.

드래곤의 계획에는 라크와 탐린의 생존이 포함된다! 그렇다면 이용하기에 따라서는 가장 강력한 가디언이 될 수 있지 않겠는가?

'책에도 적혀 있었지. 마법사란 하나의 아군을 열로 늘리는 존재라고.'

아군의 힘을 세 배로 늘리고, 새로운 아군을 끌어들이고, 저조차 아군으로 만들 수 있는 것이 마법사다. 즉, 모든 것을 이용할 수 있는 존재라는 뜻이다.

적어도 파라타는 적이 아니다. 그렇다면 아군이다! 라크는 그렇게 생각하기로 했다.

그것은 인간이 드래곤에게 머리 싸움을 도전하는 것과 같았다.

힘든 싸움이 되겠지만 라크는 물러설 생각이 없었다. 서로를 이용하는 동료! 피곤한 동행이지만 라크는 웃는 얼굴로 파라타를 대했다.

그는 마법사였다.

"그나저나 피의 마법사인 도사르가 저렇게 변했다는 것은 가나크가 이미 상당한 힘을 쌓았다는 얘기로군요."

라크는 분위기를 바꾸기 위해 카르타에게 말했다. 그 내용은 무시할 수 없는 것이었기에 카르타는 일단 진정을 한 뒤 말했다.

"어? 그렇지. 고위 마법사를 그대로 언데드로 만든 거였지? 그것도 생전의 마법 능력을 그대로 사용할 수 있게 말이야."

"빨리 서두르는 게 좋겠어요. 그가 다른 고위 마법사들까지 저렇게 만든다면 일이 힘들어지니까요."

"그래라. 지금 우리가 어디까지 했었지?"

"저 돌기둥을 뽑으려고 했어요. 뉴."

"그렇지. 어서 뽑아라, 라크."

파라타는 다시 신이 나서 말했다. 라크가 돌기둥을 뽑으면 어떤 일이 일어나는지 꼭 보고 싶었다. 아마 각종 신성계 저주가 한 다발은 쏟아질 것이다.

"음……."

라크는 다시 고민하기 시작했다. 그러나 곧 한숨을 쉬며 고개를 끄덕였다.

"무식하면 힘으로 해결해야죠. 알겠습니다."

그러면서 그는 돌기둥을 향해 다가갔다. 파라타와 탐린, 그리고 뉴는 숨을 죽이고 라크를 보았다.

그런데 그때, 황야의 한쪽에서 누군가가 헐레벌떡 뛰어오며 외쳤다.

"부수지 마시오! 거긴 출구가 없소!"

"누구냐?"

파라타는 좋은 구경거리를 방해하려는 자에게 날카로운 목소리로 소리쳤다. 인간이 감당하기엔 약간 강한 살기가 그 남자를 향했다.

"허억!"

남자는 말문이 막히는 듯 숨을 거세게 들이쉬었다. 어느새 걸음도 멎어 있었다.

잘못하면 심장마비로 죽는다! 라크는 그렇게 생각하고는 살짝 걸음을 옮겨 파라타의 앞을 막고 방어막을 쳤다. 그리고는 그 남자에게 달려가서 물었다.

"혹시 중앙대신전의 신관님이십니까?"

"그, 그렇소. 출구는 남쪽에 있으니까 엄한 돌기둥은 부수지 마시오."

"알겠습니다. 출구가 있는데 돌기둥을 부술 이유가 없지요."

라크가 단언하듯 말하자 뒤에서 파라타가 칫, 하고 혀를 차는 소리가 들려왔다.

라크는 속으로 '두고 보자' 하고 중얼거리며 다시 신관에게 말했다.

"저는 빛의 탑의 라크입니다. 숲의 마법사의 조언으로 중앙대신전을 찾았는데, 저희에게 도움을 주실 수 있겠습니까?"

"아! 라크님이시군요. 은거해 있는 우리지만 라크님의 명성은 익히 들었습니다. 저는 헨켄입니다. 중앙대신전의 관문 사제의 임을 맡고 있습니다."

정식으로 인사를 한 뒤에는 부드러운 대화가 진행되었다.

헨켄의 말에 의하면 돌기둥, 즉 디바인 오벨리스크가 있는 곳에는 출구 따위는 없다고 한다. 강력한 방어 결계를 치기 위해 아예 출구를 만들지 않는 것이 좋았다는 것이다.

"그래서 여기서 약 30분 정도 남쪽으로 걸어가야 지하로 들어갈 수 있습니다."

"그렇군요."

"다행히도 오벨리스크를 통해 이 일대를 볼 수 있는 수정이 있어서 라크님 일행께서 오신 것을 알 수 있었습니다. 처음에는 누구인지 알지 못했기에 조심스럽게 관찰만 했지요."

'조심스럽게 관찰? 3일 동안이나? 부순다고 하니까 나온

것이군.'

라크는 상황을 눈에 보듯 알 수 있었다.

섀이드와 그가 싸우는 모습을 보고 신관들은 라크가 정말로 오벨리스크를 파괴할 수 있는 능력이 있다고 판단한 것이다. 그렇지 않았다면 절대 나오지 않았을 것이다.

'하기야, 그 정도로 철저하게 하지 않았으면 3백 년간이나 숨겨왔을 수가 없었겠지. 적어도 오벨리스크를 부술 수 있는 실력자만을 받아들인 거군.'

라크는 나름대로 지금의 상황을 납득했다. 또 도움을 청하러 온 사람이 불만을 가질 수는 없다고 생각했다.

그러는 동안 일행은 지하로 내려가는 입구에 도착했다.

이 일대는 강력한 마법에 의해 큰 피해를 입었는지 움푹 파여 있는 곳이 많았다.

중앙대신전의 입구는 거대한 고목이었다. 고목 역시 불에 타고 썩어서 검게 변한 상태였는데, 자세히 보면 그 이상 부서지지 않도록 마법이 걸려 있었다.

켐벨이 입속으로 작게 주문을 외우자 고목의 한쪽이 스르르 무너지며 공간이 생겨났다. 상급의 환영 마법으로, 환영을 꿰뚫어 보지 못하면 정말로 그곳은 막혀 있는 것처럼 작용하는 듯했다.

"들어가시지요."

켐벨이 말하자 라크 일행은 그를 따라 지하로 내려갔다. 일단 고목 안으로 들어서자 차가운 천연석으로 된 통로가 이어져 있었는데, 돌 자체에서 은은한 빛을 발하는 것이 범상치 않은 기운을 풍겼다.

"홍, 탐지 마법이로군? 그것도 마족 전용의."

파라타가 마음에 들지 않는다는 듯 말했다. 마족이 변장하고 침입하는 것을 막기 위한 시설인데, 현재 물질계에는 마족이 없다. 따라서 그가 보기에는 전혀 쓸모없는 것이었다.

하지만 켐벨은 쓸쓸하게 웃으며 말했다.

"리치는 필요에 따라 인간의 모습으로 변할 수 있으니까요. 지금은 리치가 없다고 알려져 있지만 정말로 없는지는 아무도 모르는 것 아니겠습니까?"

"대신전씩이나 되는 곳에서 리치를 두려워하나? 쿵."

"데미리치에게 한번 제대로 당해보시면 이런 탐지 마법 정도로는 오히려 안심할 수 없게 될 것입니다."

켐벨은 그렇게 말하면서 중앙대신전의 어린 신관들의 교육에 대해 말했다.

재질이 있는 아이들을 은밀히 데려와 교육을 시키는데, 가장 진지하게 가르치는 것은 과거 그들이 부패했을 때 세상이 어떻게 혼란스러워졌나 하는 점이라고 한다.

그리고 그에 못지않게 리치의 사악한 심성과 능력에 대해서도 철저하게 가르친다.

생전에는 인간의 이성을 가진 리치들이지만 몸이 언데드로 바뀌면 저절로 악에 물들어 버린다는 점을 어린 신관들에게 확실하게 이해시키고 그에 대비하도록 한다.

그것은 중앙대신전이 결국 리치를 막아내지 못해서 제국이 망한 것과 관련이 있는데, 타락에 대한 반성과 함께 부정한 존재들을 경계하는 마음으로 대신전은 3백 년 동안이나 지하에 머물러 있었던 것이다.

그렇기 때문에 여기 설치된 탐지 마법은 마족이 어떤 수단을 써도 절대로 놓치지 않고 잡아낸다.

라크는 그의 말을 들으며 뉴에 대해 걱정했다.

마수! 뉴는 마수 중에서도 상급 마수인데 탐지 마법에 걸리지 않을까?

그런데 안 걸렸다. 뉴는 태연하게 라크의 어깨 위에서 기지개를 켰다.

파라타는 그걸 신기한 눈으로 보았다. 저놈, 정말 마수 맞아? 그렇게 생각하는 것이 틀림없다.

그때 내려가는 계단이 끝나고 갈림길이 나왔다.

"자, 이곳이 바로 접객사제인 파슬러님의 방입니다. 여러분께서는 그분께 용건을 말씀하십시오. 저는 이만 가보겠습니다."

켐벨의 말에 라크 일행은 그와 인사를 나누고 방 안으로 들어갔다. 지하답지 않게 밝고 따뜻한 분위기의 석실에는 몇 개의 소파가 놓여 있고, 안쪽 책상에는 중년의 여사제가 있었다.

확실히 접객사제를 맡을 정도로 인상이 좋은 여사제는 환한 미소를 지으며 자리에서 일어나 라크에게 인사를 했다.

"어서 오십시오. 제가 파슬러입니다. 빛의 마법사 라크님의 명성은 익히 들었습니다. 호호호."

"라크입니다. 숲의 마법사 시르카님의 소개로 이곳을 찾게 되었습니다."

"숲은 이곳과 예전부터 적지 않은 교류가 있었지요. 사실 라크님 일행을 기다리게 해서는 안 되는데, 요즘 문제가 조금 있어서 혹시나 하는 마음으로 경계를 했습니다. 사악한 존재와 싸우시는 모습에 라크님 본인이라는 것을 알 수 있었지요."

"본인? 그럼 파슬러님께서는 이미 가나크에 대한 일을 알고 계시는 모양이시군요."

라크는 상당히 놀랐다. 이 일은 외부에 알려지지 않았어야 정상이다. 그런데 중앙대신전에서는 알고 있다니?

파슬러는 너무 놀라지 말라는 듯 따뜻한 미소를 지었다.

"예, 그 점에 대해 말씀드리고 싶은 것이 있습니다."

그러면서 파슬러가 손에 든 방울을 흔들자 바깥에서 견습 사제의 복장을 한 소년이 들어왔다.

"손님들께 말씀드려요. 라크님 일행이 오셨다고."

"알겠습니다."

손님들이라, 이미 선객이 있었던 모양이다.

라크는 궁금한 시선으로 파슬러를 보았다. 하지만 그녀는 만나보면 안다는 얼굴로 묵묵히 차를 마셨다.

"라크! 왔구나!"

문이 열리기 전부터 들려오는 목소리, 그것은 어디선가 많이 들어본 자의 목소리였다. 라크는 곧 그가 누군지 알 수 있었다.

"제임스! 밀리아도 있었군요."

"안녕하세요, 라크님."

용병 길드의 제임스와 황궁의 파견 조사원이었던 밀리아가 들어왔다.

이들이라면 라크에 대해 알고 있다. 시르카가 라크를 구하기 위해 모스 왕국을 떠날 때 말해주었다고 했다.

그림자에 대한 일을 알았으니 따로 조사를 했으면 가나크가 라크가 아니라는 것도 알 수 있었을 것이다.

라크는 납득했다는 얼굴로 파슬러에게 고개를 한 번 끄덕여 보이고는 다시 제임스를 보았다.

놀랍게도 제임스는 번쩍번쩍하는 완전 맞춤형 전신 갑옷을 입고 있었는데, 어깨의 견장을 보니 검은 사자가 포효하는 문장이 새겨져 있었다.

로얄 나이트의 문장! 황제의 직속 친위 기사단이다. 원래의 소속에 관계없이 내려지는 기사 최고의 명예라 할 수 있다.

라크는 눈을 동그랗게 뜨고 손가락으로 그것을 가리켰다. 그러자 제임스가 쑥스럽다는 듯 손으로 뒷머리를 긁으며 말했다.

"내가 원래 기사였거든. 이번에 복직하면서 승진했어."

승진 이유는 밀리아와의 결혼 축하 선물이다.

진짜 이유는 골든 데빌 사태의 해결이었지만 짓궂은 여황은 발령장에 결혼 축하 선물이라는 이유를 당당하게 써넣었다. 놀리는 것이다.

제임스는 죽어도 그건 말하지 않겠다고 결심했다.

"카슈는요?"

"그 양반은 항상 바쁘지. 그때처럼 눈이 뒤집히지 않으면 절대로 스틸문에서 못 나올걸."

눈이 뒤집히게 한 장본인인 제임스가 하는 말이다. 밀리아는 옆에서 큭큭대며 웃었다.

"그런데 어떻게 이곳까지 오신 거예요?"

"응, 사실은 가나크 사태가 심각해져서 황궁에서 중앙대신전에 상담을 하기로 했거든."

"심각해졌다고요?"

"이미 많은 마법사들이 가나크를 추종하기 시작했지. 고위 마법사들도 마찬가지야. 그들에게는 사실을 말해도 소용이 없잖아. 증거도 없고."

"그렇지요. 따로 마법을 시전하는 것도 아니고, 그냥 만나면 영혼을 오염당하는 것이니까."

"이미 다들 당한 겁니까?"

생각했던 것보다 빠르다. 라크는 심각한 얼굴로 물었다.

"아니, 하지만 적어도 고위 마법사 중 두 명은 넘어갔어. 다른 두 명도 진행 중이고. 슈앙 밀림으로 몸을 피하신 시르카님을 빼고는 나싱님만 남았지."

"음, 그렇다면 현자의 탑은 거의 가나크의 소유가 되었다고 봐야겠군요."

"그런 거지. 그런데 문제는 가나크에게 넘어간 고위 마법사들의 행동으로 볼 때, 상황이 더욱 심각하다는 데 있어."

"그들이 무엇인가를 꾸미고 있나요?"

"탑 안에 마법진을 만들고 있다더군. 그런데 그 마법진의 힘이 탑의 힘 전체를 동원해야 할 정도로 강력한 것이라고 해."

라크의 눈이 빛났다.

"탑의 힘을 전부 동원해야 할 마법진. 그렇다면 그게 활성화되면 현자의 탑 전체에 영향을 미치겠군요."

"그건 당연하고, 만약 다른 고위 마법사들이 그 일에 동참한다면 그 영역이 어디까지 확대될지는 아무도 모르는 거잖아. 그렇지?"

"그렇습니다. 만약 현자의 탑에 있는 모든 탑에서 동시에 힘을 합쳐 마법을 사용하면 상상도 못할 정도의 힘을 발휘할 수 있지요. 하지만 그걸 막기 위해 소멸의 탑이 존재할 텐데요."

"그래, 그리고 라크는 아직 잘 모르고 있겠지만 그 소멸의 탑의 주인은 여황 폐하 본인이시거든."

"여황 폐하 본인이란 말씀입니까?"

이건 정말 몰랐다. 라크는 상당히 놀란 표정을 지었고, 제임스는 고개를 끄덕이며 계속 말했다.

"그게 바로 현자의 탑의 건설 허가가 난 이유야. 대대로 황제가 소멸의 탑의 주인이 돼서 언제든지 탑 전체를 무력화시킬 수 있게 만든 거지."

"음, 그렇군요."

"하지만 반대로 여황은 탑의 주인으로서 의무가 있어. 그게 지금 문제가 되고 있어."

"가나크가 무슨 일을 했나요?"

"그는 수많은 첩자들을 슈앙 밀림으로 보냈어. 그리고 그 중에는 대단히 뛰어난 능력을 가진 자들도 있다고 하더군."

"슈앙 밀림에!"

가나크가 그런 짓을 한다면 목적은 정해져 있다. 시르카! 숲의 마법사를 잡아 탑의 소유권을 빼앗으려는 것이다.

라크의 안색이 변했다.

제임스도 심각한 얼굴이었다. 말을 하다 보니 일의 심각성 이 다시 떠오른 듯했다.

평소의 웃는 얼굴과는 전혀 다른 진지한 얼굴은 정말 어울 리지 않는 제임스였지만 본인은 그걸 자각하지 못하고 계속 말했다.

"숲의 탑까지 가나크의 손에 넘어가면 나싱이 표면에 나서 야 돼. 여황 폐하가 가나크와 만나야만 하는 사태가 벌어지는 거지."

"그게 규율입니까?"

"그래."

"소멸의 탑의 힘을 개방해서 현자의 탑을 무력화시키는 게 낫겠군요."

"여황 폐하는 그럴 생각이셔. 하지만 그럴 경우 모든 마법 사들은 폐하를 원망하겠지. 그리고 탑은 사라져도 사람은 남 는 것이니 가이안 제국은 마법사들의 원수가 될 거야."

"으음……."

제임스의 말이 맞다. 현자의 탑을 부수는 일은 정말로 최악의 사태인 것이다.

"그래서 영혼의 오염을 막거나 치료할 수 있는 방법을 알아보기 위해 이곳을 찾은 거야."

"정화 방법이 있답니까?"

라크는 기원하는 심정으로 물었다. 그러나 혹시나가 역시 나였다.

"없다더군. 젠장, 그 무슨 마법인지는 몰라도 상당히 독하대."

제임스는 투덜댔다. 헛고생만 한 셈이었기 때문이다. 그러나 곧 얼굴 표정을 밝게 바꾸며 말했다.

"그런데 며칠 전부터 라크, 자네가 위에 와서 있다고 하더군."

제임스의 설명이 끝났다.

"그렇군요. 사실 저는 마그나타와 싸우고……."

라크는 그의 말에 이어 자신이 겪은 이야기를 해주었다.

기존의 기억과 마법을 모두 가나크에게 빼앗긴 지금, 새로운 빛의 마법을 깨달아 이루어야만 한다. 그리고 그걸 위해서는 신성 마법의 비술이 필요할지도 모른다.

"흠흠, 어쩌면 자네가 빛의 마법을 되찾는 것이 우리가 원하던 길일지도 모르겠군."

제임스가 말하자 옆에서 듣고 있던 밀리아와 파슬러도 그의 말에 동의했다.

두 개의 이야기가 이어지고 모든 상황이 확실하게 밝혀지자 파슬러가 말했다.

"상황이 그렇다면 저희 사제들도 적극 협력하겠습니다. 내일 교황님과의 면담을 주선할 테니 다시 한 번 사정을 설명해 주십시오."

"알겠습니다. 꼭 좀 부탁드리겠습니다."

라크는 파슬러에게 감사의 인사를 했다. 그리고는 속으로 교황과 만나 어떻게 이야기를 할 것인가를 머릿속으로 다시 정리하기 시작했다.

가나크가 슈앙 밀림으로 갔다는 것을 안 이상 더 이상 시간을 지체할 수 없다. 서둘러야 한다.

'이제부터인가? 가나크, 시르카를 괴롭히게 놔두지는 않겠다.'

라크는 가슴속 깊이 타오르는 불꽃을 느꼈다. 투지는 곧 심화의 법에 따라 마나로 변해 라크를 성장시켰다.

Chapter 2

세상을 구성하는 것

세상을 구성하는 것

시아 대륙의 역사를 살펴보면 그중 절반 이상이 강력한 신권에 의해 주도되었다는 것을 알 수 있다.

신의 권능이 살아 숨 쉬는 이곳에서는 신의 존재를 의심하거나 부인할 수 없기 때문이다. 반면에 마법사들에 의해 주도된 시기는 한 번도 없다고 할 수 있다.

오히려 신관들에 의해 마법사가 박해받은 시기가 많았다.

그나마 가이안 제국이 건립될 때 현자의 탑이 재건되면서부터 마법사들이 살 만한 시대가 되었다고 할 수 있다.

그러나 마법은 신성과 반발하기 때문에 마법사와 사제는 서로 가까이 하지 않으려 하는 습성이 있었다. 특히 신전 안에 쳐져 있는 신성 결계는 마법사들의 힘을 약화시키는 경향이 있기에 대부분의 마법사들은 신전을 향해 오줌도 싸지 않는다.

교황이 있는 방 안은 그야말로 신성 결계의 전시장과도 같은 곳이었다.

라크는 몸 이곳저곳이 뻐근해지는 느낌을 받았다.

뉴 역시 이곳에서는 상당히 기운이 떨어지는 듯 몸을 라크의 목에 감고 고개를 축 늘어뜨렸다. 마치 여우 목도리와도 같은 형태다. 패럿 목도리라고나 할까?

"어서 오세요."

안쪽에서 피아노를 치고 있던 젊은 청년이 일어나 라크에게 인사를 했다.

옅은 블루의 머리카락이 자연스럽게 늘어뜨려져 같은 빛깔의 눈과 조화를 이루고 있고, 머리에는 사각형의 고위 신관용 모자를 쓰고 있었다.

"56대 교황이신 알카 6세이십니다."

라크의 뒤쪽에서 파슬러가 작은 목소리로 속삭였다.

교황은 신의 대리인으로 누구나 보기만 하면 알아야 하는 존재이기에 정식으로 소개를 하지 않는 것이 오래전의 관습

인데, 그것이 그대로 이어져 내려오고 있는 모양이다.

라크는 신전의 규범에 따라 정식으로 인사를 했다.

"천신의 영광은 모든 것의 위에, 그리고 모든 악의 힘은 투신의 아래에. 빛의 탑의 라크입니다. 교황 폐하를 뵙습니다."

"너무 격식을 차리실 필요는 없습니다. 사실 저 또한 수도사제에 불과한 몸이니까요."

교황이 자신을 칭할 때 '저'라고 하자 라크는 약간 놀라서 얼른 고개를 숙이며 말했다.

"어떻게 그럴 수가 있겠습니까?"

"아닙니다. 우리가 타락의 죄과로 모든 것을 잃고 지하로 내려올 때, 자만심 같은 것은 모두 지상의 황야에 두고 내려왔습니다. 직위는 있어도 신분은 같습니다."

겸손한 말, 그것은 알카 6세의 순한 얼굴 표정과 너무나 잘 어울렸다.

"그리고 천신은 위대하나 천신의 사제인 저희들은 다른 인간들과 다를 바 없는 존재입니다. 존경받고 떠받들어질 이유가 없습니다. 그것을 부정하는 자는 지하 대신전에 있을 수 없지요."

확실히 이곳은 과거와는 달리 순수해졌나 보다. 라크는 미소를 지으며 말했다.

"교황 폐하께서 겸양의 말씀을 하시지만, 천신의 사제가 우리 인간에게 수많은 도움을 주고 있는 것은 사실입니다. 대부분의 사람들이 폐하와 사제들을 존경할 수밖에 없습니다."

"도움이 된다면 다행입니다. 하지만 지금의 지하 대신전에서는 아무도 존경받기 위해 신의 기적을 행하지 않습니다."

"말씀은 잘 알겠습니다."

"그런데 신성 마법에 대한 배움을 원하신다고요?"

"예. 저의 마법의 발전을 위해서는 신성 마법의 이론과 수련이 필요합니다."

라크는 자신의 욕망을 숨기지 않았다.

굳이 둘러대려면 사악한 자가 부활하였는데 그걸 막을 수 있는 방법은 나밖에 없다 등등 할 말은 많았다. 실제로 영혼의 오염을 정화할 수 있는 마법은 빛의 마법밖에는 없다고 하니까.

하지만 정말로 솔직하게 스스로 본심을 헤아려 보면, 결국 라크는 자신의 마법사적인 욕망과 가나크에 대한 투지로 인해 이곳까지 온 것이다.

그런 라크의 진심이 눈에 나타난 것일까? 알카 6세는 미소를 지으며 말했다.

"이제는 신성력까지 이용할 수 있는 마법이 나온 모양이군요. 확실히 마법은 모든 상식을 벗어나게 하는 힘이 있는 듯합니다."

"빛의 마법입니다. 몸속에 있는 신성력으로 마나를 자극,

강화하는 것이 기본 이론입니다만."

"흠, 신성력과 마력의 반발을 이용한다? 그것도 나쁘지 않은 방법이군요. 매개체가 빛이라는 것도 그럴 듯합니다."

알카 6세의 말에 라크의 눈이 빛났다. 이자는 마법에 대해 알고 있다! 전혀 예상치 못한 곳에서 동업자를 만난 기분이었다.

알카 6세는 자신만의 생각에 빠져 혼잣말을 하듯 중얼거렸다.

"마나의 변환은 극히 부자연스러운 현상입니다만, 그중 빛의 속성은 신성력과 마력 둘 다 가능하지요. 그만큼 무리가 덜 간다는 소리가 될 수 있겠군요."

그는 잠시 입속으로 몇 가지 주문을 외우며 수식을 그렸다. 확실히 마법의 룬어를 이루는 주문과 수식이었다. 신관의 복장을 한 자가 마법의 룬어를 읊조리는 것은 굉장히 보기 드문 광경이라 할 수 있는데, 그걸 교황이 하니 더욱 신기해 보였다.

"이런 건가요? 신성력으로 빛을 만들어 마력으로 만든 빛과 접근시킨다. 두 성질의 속성은 정반대이지만 변화 상태는 같으니 서로를 자극함과 동시에 끌어당긴다. 이로 인해 발생한 반발력과 인력의 성질을……."

"마법을 아십니까?"

라크는 자신도 모르게 손을 내밀어 알카 6세의 두 손을 잡으며 물었다. 그러자 알카 6세는 퍼뜩 놀라 얼른 고개를 저으며 말했다.

"아닙니다. 저는 마법은 잘 몰라요. 험험."

잘 아는군. 라크는 그렇게 이해했다.

나이도 많지 않은 교황이 노인의 헛기침을 한다. 얼굴에 '나 잘 알아요' 혹은 '마법에 깊은 관심이 있어요' 라고 써 있다.

교황이라는 직책답지 않게 순진한 성품인 것 같았다.

그때 뒤쪽에 서 있던 파슬러가 웃으며 말했다.

"알카 6세 폐하께서는 어릴 때 이곳에서 나가 현자의 탑에 입학하신 적이 있으십니다."

"예에?"

이건 전혀 생각해 보지 못한 이야기였다. 라크는 놀라서 파슬러를 보았다. 그러자 알카 6세는 살짝 당황한 얼굴로 말했다.

"파슬러, 그 얘기는……."

"괜찮습니다. 모처럼 라크님도 오셨는데 허심탄회하게 말씀을 나누시지요."

"그게……."

"라크님, 알카 6세 폐하께서 마법사 지망생이셨을 때 가장 좋아하고 존경하셨던 분이 바로 라크님이십니다. 아마 초상화도 가지고 계실 텐데요."

"앗! 그것까지 말하다니!"

"……."

라크는 그저 입만 벌리고 서 있었다.

여기에도 내 팬이? 이런 엉뚱한 생각까지 들었다. 그러는 동안 상황이 진정되고 라크는 알카 6세의 사연을 들을 수 있었다.

"어렸을 때에는 이곳 지하 대신전이 감옥이라고 여겨졌던 적이 있었습니다. 하늘이 보이지 않으니까요."

알카 6세는 성녀의 재림이 아닐까 여겨질 정도로 강력한 신성력을 타고난 신성계 최고의 인재이다. 여자였다면 정말로 성녀가 되었을지도 모른다.

그래서 지하 대신전에서는 정말로 소중하게 그를 키웠다. 문제는 알카 6세의 재능이 신성력뿐만이 아니라는 것.

"이런 경우는 거의 없는데, 놀랍게도 알카 6세께서는 마법사의 재능도 타고나신 거지요."

"예에?"

옆에서 살짝 부연 설명을 하는 파슬러의 말에 라크는 더욱 놀랐다. 알카 6세는 한숨을 쉬며 말을 계속했다.

"사제로서의 운명이 정해져 있는 것은 어린 저에게는 별로 기쁜 일이 아니었습니다. 그때 새로운 길이 있다는 걸 알게 되니 참을 수가 없더군요."

결국 가출을 했다는 얘기다. 그것도 차기 교황 후보가! 그리고 신분을 감추고 현자의 탑에 들어가 2년이나 견습 마법사로 생활을 했다고 한다.

문제는 마법을 익힐 수는 있어도 발전이 극히 더뎌서 거의 빛을 못 보고 고생만 하다가, 결국 신전의 비밀 신전 기사들에게 들켜서 잡혀왔다는 것으로 알카 6세의 파란만장한 가출기는 끝났다.

"마법을 쓰려고만 하면 신성력이 방해를 하는 겁니다, 글쎄."

이야기를 하는 도중에 흥분을 한 것일까? 알카 6세는 자신의 신분도 잊은 듯 젊은 청년의 말투를 사용했다.

라크는 그런 알카 6세의 심정을 잘 이해한다는 듯 고개를 끄덕였다.

"사실 저도 기억은 없지만 그랬다고 하더군요. 두 가지 상반된 힘이 몸속에서 서로를 방해하니 성장이 남들의 몇 배나 느렸다고……."

"아앗! 그럼 빛의 마법의 재능이라는 것이 바로?"

"그런 것 같습니다. 실제로 전 제 몸속의 마력이 너무 강해서 신성력이 억눌리는 것을 막기 위해 이곳에 왔으니까요."

"그렇다면 저에게도 빛의 마법의 길이……!"

"폐하! 통촉하시죠."

"앗, 파슬러, 그런 거 아니에요. 전 교황이라는 확고부동한 직업이 있으니 빛의 마법사는 그냥 호기심의 대상일 뿐입니다."

'교황이 직업이라고? 이 남자가 정말 교황 맞아?'

라크는 약간 한심한 생각이 들었다. 그러나 그걸 얼굴로 표현할 수는 없다.

최소한 알카 6세가 너구리 같은 정치인이 아니라는 것은 잘 알았다. 그리고 자신과 같은 사연이 있다고 하니 왠지 모르게 친밀감이 느껴졌다.

그것은 알케 6세 역시 마찬가지였다.

견습 마법사 시절에 가장 부러워하던 빛의 탑의 주인 라크가 알고 보니 두 가지 재능을 타고난 사람이었다니! 그렇다면 자신도 고위 마법사가 될 수도 있지 않겠는가? 적어도 불가능하지는 않으리라.

이미 마음을 비운 길이지만 그래도 절망에서 희망을 보니 라크가 마치 형제처럼 느껴졌다.

서로 간의 몇 마디 친밀한 대화가 오가는 사이, 두 젊은 사람의 마음은 완전히 하나가 되었다.

"모든! 지원을 아끼지 않겠습니다. 라크님에 의해 신성과

마력이 서로 접목될 수 있다면, 그것이야말로 우리 사제들에게도 또 하나의 축복이 아니겠습니까?'

교황의 선언이 떨어졌다. 파슬러도 별다른 이견이 없는지 허리를 깊이 숙이며 명을 받들었다.

그 뒤로 라크는 지하 대신전의 귀빈실에서 숙식을 하며 파슬러에게 신전의 비전을 전수받았다.

심지어는 파슬러가 익히지 못한 것이나 기록으로만 남아 있는 이론 등도 모두 관람이 허락되었다.

또한 교황의 전폭적인 지지 아래 각종 신성계 포션도 마음껏 마실 수 있었다.

사실 그 부분은 마법사에게 신성계 포션이 어느 정도 작용하나를 실험하는 대상이 되었다고도 할 수 있는데, 라크는 그걸 알면서도 스스로 그 모든 것을 받아들였다.

그 결과, 정말 귀한 포션들을 종류별로 맛볼 수 있었다. 덕분에 라크의 몸속에 있는 신성력은 조금씩 성장하여 나름대로 자리를 잡아가게 되었다.

일단 신성력이 강화되자 라크의 몸은 저절로 마력과 신성력이 서로 조화를 이루며 움직였다.

명상을 통해 몸을 관조하면 그것을 느낄 수 있는데, 라크에게는 그것이 새로운 마나의 기적을 보는 것과 같았다.

마치 지금까지 걷지도 못하고 기어다니기만 하던 애벌레

가 단숨에 탈피를 하여 날개를 가진 것처럼 그는 하루하루 새로운 경지를 보았다.

빛의 마법! 라크는 그것을 스스로의 몸을 통해 관찰함으로써 다시 만들어내게 되었다.

그것은 오래전부터 현자의 탑에 내려온 가르침에 구속되지 않은, 오로지 라크 스스로의 깨달음에 의한 새로운 빛의 마법이라 할 수 있었다.

원래 과거의 진화의 탑의 주인들은 항상 빛의 마법을 연구하였지만, 정작 그것을 익힐 수 있는 체질이 아니었기에 어느 정도는 현실에서 벗어난 점이 있었다.

하지만 지금 라크가 새로 만들어내는 빛의 마법의 이론은 완벽하게 현실에 입각한, 그리고 그 자신의 몸에 딱 맞추어진 것이다. 물론 라크는 그걸 의식하지 못했다.

알카 6세는 그런 라크의 행동을 파슬러에게 매일 보고하게 했다. 라크는 어쩌면 약간 귀찮은 팬을 얻은 걸지도 모른다.

*　　　*　　　*

"대마법집회를 열겠습니다."

"대륙의 마법사를 모두 현자의 탑으로 초대하는 겁니다."

"그리고 현자의 탑의 비전서와 상위 마법의 기초 이론을

일반 마법사들에게도 공개하여 자유롭게 연구하게 할 것입니
다.”

현자의 탑의 정기 회의에 참석한 주요 마법사 36명은 세 명
의 고위 마법사가 한 말에 눈이 뒤집히는 느낌을 받았다.

앞의 두 가지는 그렇다고 해도 상위 마법의 기초 이론을 일
반 하급 마법사들에게 공개하겠다니?

그것은 안 된다. 상위 마법의 기초 이론은 고위 마법사들의
직전제자들에게만 허락된 특권이다! 고위 마법사가 될 가능
성은 그들 중에만 있다.

정기 회의에 참석할 정도의 마법사는 모두 고위 마법사의
제자 출신으로, 대부분이 선민의식을 가지고 있었다.

재능과 관계없이 스승을 잘 만나서 특권을 누리는 그들, 그
것이 바로 넘을 수 없는 재능의 차이라고까지 생각하는 그들
이었다.

그런 그들에게 특권을 포기하라는 것은 귀족에게 평민이
되라는 말과 같았다.

“안 됩니다! 상위 마법의 이론을 하위 마법사들에게 함부
로 전수하는 것은 현자의 탑의 규칙에 어긋나지 않습니까?”

꼭 성격 급하고 말 함부로 하는 자가 있다. 평소에는 존경
해 마지않던 고위 마법사의 발언이지만 도저히 참을 수 없다
고 반발하는 마법사였다.

그러나 가나크는 그저 웃을 뿐이었다. 그리고 옆에 있는 무면의 달라스가 일어나 말하기를 기다렸다.

"그런 규칙은 없다. 단지 지금까지 고위 마법사들이 전수하지 않았을 뿐이지."

"하지만 불문율이라는 것도 있지 않습니까?"

"불문율은 규칙이 아니다. 그리고 그동안의 조사에 의하면 하위 마법사, 아니, 일반 마법사 중에도 상당한 재능을 가진 자가 많았다."

"극히 소수는 그럴지도 모릅니다. 하지만 재능이 뛰어난 사람들 대부분은 어렸을 때부터 여러 스승님들께서 선택하시지 않으셨습니까? 지금에 와서 그런 극소수의 예외를 생각해서 비술을 외부로 퍼뜨린다는 것은 스승님들의 안목을 의심하는 것이 아닐까요?"

말은 잘한다. 가나크는 속으로 중얼거리며 발언을 하는 자를 보았다.

그의 말대로라면, 자신의 의견은 다른 고위 마법사들의 식견을 무시하는 처사가 된다. 현재 있는 자들뿐만 아니라 전대의 고위 마법사들까지도 모욕하는 것이 될지도 모른다.

하지만 결국 그들이 거세게 반대를 하는 이유는 의식 깊은 곳까지 선민 의식이 깔려 있기 때문이다.

어렸을 때 선택받아 비술을 전수받음으로써 다른 마법사

들은 절대로 넘을 수 없는 경지에 도달해 있다는 자만심이다.

가나크는 슬쩍 고개를 돌려 달라스를 보았다. 무조건적으로 자신을 비호하게 되어 있는 그가 과연 무슨 말을 할까 궁금했다.

달라스는 그런 가나크의 시선을 의식하고는 힘있게 말했다.

"좁은 시각이다. 재능이 있는 자라면 비술을 독점하지 않아도 충분히 남보다 앞서갈 수 있어야 한다. 그리고 다른 고위 마법사들과 상의해 보니, 비술의 독점이 제자들의 향상심을 저하시킨다는 결론이 나왔다. 마법계 전체의 발전과 내 제자들의 수준 향상을 위해서는 경쟁이 필요하다."

"저희들은 스승님께 충성을 다했습니다! 충분한 노력도 하고 있습니다! 경쟁은 제자들끼리 해도 충분하지 않겠습니까?"

"아니, 불충분하다. 솔직히 말하지. 이번에 남부 대륙의 마법사들을 이끌고 현자의 탑을 찾은 제논이란 마법사가 있었다. 우리 제자 중에 그보다 더 높은 경지에 도달한 자가 있느냐?"

"……."

추상같은 달라스의 말에 마법사들은 입을 다물었다. 솔직히 제논이 현자의 탑을 찾았을 때, 그의 몸에서 느껴지는 마력에 사람들은 경악했다. 도저히 보통의 마법사가 혼자서 수련해서 이룰 수 없는 수준이라고 느껴질 정도였기 때문이다.

달라스는 혀를 끌끌 차며 다시 말했다. 그의 태도로 볼 때, 원래부터 그는 제자들에게 불만이 있었음을 알 수 있었다.

"제논이란 마법사는 행방불명이 되었다. 남부 마법사들은 너희들이 그를 암살했다고 주장한다. 물론 증거는 없다. 그러나 그런 의심을 받는 것 자체가 수치가 아닌가?"

"그건!"

"입을 다물어라. 이건 이미 결정된 사항이다. 단지 너희들은 내 제자들이니만큼 또 다른 특혜를 주겠다. 가장 중요한 비술 몇 개만 빼고는 나머지를 모두 전수하겠다."

"그것이 정말입니까?"

"탑의 이용에 대한 비술은 주인만이 알아야 한다. 그리고 아무리 비술을 공개해도 고위 마법사가 되는 데에는 깨달음이 필요하다. 땅을 걷고 뛰다가 갑자기 등에 날개가 돋는다고 날 수 있는 것은 아니다. 흉내가 아닌, 진정 영혼에 각인되어 나오는 힘! 그걸 얻는 것은 너희들의 몫이다. 그러니 고위 마법사만 쓸 수 있는 비술은 너희들에게는 필요가 없다."

"그것들 말고는 다 공개하시겠다는 말씀이십니까?"

흥분한 목소리. 그야말로 파격적인 선언이었기에 다른 제자들도 더 이상 반대할 생각을 하지 못했다. 오히려 적극적으로 찬성하고 싶은 모양이다.

달라스는 다른 고위 마법사들을 한 번 둘러보며 동의를 확인하고는 고개를 끄덕였다.

"그렇다. 비술은 공개될 것이다. 그리고 마법은 비약적으로 발전할 것이다."

"저희 제자들은 스승님의 결단에 따르겠습니다."

일어서서 반대 발언을 하던 마법사가 말을 바꿨다. 약간 떨리는 목소리였다. 그러자 다른 마법사가 벌떡 일어나 다시 말했다.

"스승님들의 희생에 대륙의 모든 마법사들이 마음속으로부터 감사할 것입니다."

역시 마법사는 새로운 주문과 비술에 목숨을 건다. 얼마든지 비굴할 수도 있다. 아부의 기본은 비굴이 아닌가?

순식간에 회의장은 아부와 찬사의 도가니로 바뀌었다. 지금 이곳에서 한마디라도 반대하는 발언을 하면 즉시 역적 취급을 당할 것이 뻔하다.

그도 그럴 것이, 지금까지 고위 마법사들은 제자들에게 기본 수련법 이외에는 거의 가르침을 베풀지 않았다. 적어도 상위 마법에 대한 것은 그렇다. 그러다가 특별한 일이 있을 때에만 한 개씩 가르칠 뿐이다.

그래서 고위 마법사와 그 제자들 사이의 수준 차는 아주 컸다. 감히 스승에게 저항할 엄두도 못 낼 정도로. 탑의 주인이 절대적인 권력을 가지는 이유가 바로 여기에 있었다.

그런데 이번에 대부분의 비술이 공개되면 고위 마법사들과 제자들의 차이는 상당히 줄어든다. 그래 봐야 10대 1 정도겠지만 그전처럼 신적인 존재로 남는 것은 아니다.

달라스의 선언대로라면 고위 마법사들 자체가 자신들의 절대적인 권력을 포기하는 셈이 된다. 그리고 그 권력은 제자들이 나누어 가지게 될 것이다.

실용 비술과 비교하면 기초 이론 따위는 없는 것이나 같다.

제자들은 일반 마법사들과 자신들의 차이가 이전과 전혀 다름이 없을 것이라고 확신했다.

'쓸모없는 것들. 너희들의 그림자는 조금은 나은 모습을 보였으면 좋겠군.'

가나크는 그렇게 기뻐하는 마법사들의 모습을 조용히 지켜보고만 있었다.

그는 라크의 기억을 고스란히 가지고 있다. 그곳에는 눈앞의 마법사들, 고위 마법사들의 직전제자들이 자신을 얼마나 멸시했는지도 담겨 있었다.

'동정할 필요는 없겠지. 원한을 가질 가치조차 없으니까. 어차피 너희들은 모두 사라질 운명이다. 그림자의 세계가 얼마나 허무한지 느낄 수나 있을까? 허깨비들.'

가나크의 눈에는 그들이 모두 그림자로 보였다. 허깨비로 보였다.

더 이상 지켜보기엔 지루했기에 그는 천천히 자리에서 일어나 자신의 탑으로 향했다. 이미 결정된 일들은 하나하나 그의 머릿속에서 정리되었다. 그리고 그 다음에 대기하고 있던 해야 할 것들이 머릿속을 메웠다.

"정령의 숲인가? 시르카, 내 연인이었던 아가씨. 난감하군."

그는 자신도 모르게 손으로 뒷머리를 긁적였다. 라크가 가지고 있던 버릇까지 그는 그대로 빼앗았다.

*   *   *

신성력은 마력을 위축시킨다. 특히 이곳 지하 대신전은 강력한 신성 결계에 의해 보호되는 곳, 라크는 이곳에서 생활하면서 그것 때문에 상당한 불편함을 받고 있었다.

"으윽, 마법을 쓰는 것이 이렇게 힘든 일일 줄이야!"

라크는 손가락 끝에 작은 불꽃을 피우고 버티는 데 온몸을 부르르 떨었다.

몸속의 마나를 쥐어짜듯 손가락으로 발산하는 데도 불꽃은 더 이상 커지지 않았다. 오히려 조금만 정신이 흐트러져도 바로 꺼질 것처럼 흔들렸다.

"그래도 벌써 반나절 동안이나 유지했잖아요. 뉴."

뉴가 침대 위에서 전신을 추욱 늘어뜨린 채로 라크에게 말했다. 뉴가 요즘 즐겨 취하는 가장 편한 자세인데, 그도 이곳에서 지내면서 거의 힘을 쓰지 못하게 되었다.

"마나의 소모가 3배는 되는걸. 아무리 네 도움이 없다고 해도 불꽃 유지 정도는 그냥 할 수 있어야 하는데……."

마력의 지속적인 발산 수련을 하는 가장 기초적인 방법이 바로 불꽃 유지다.

라크의 마력이라면 의식하지 않아도 불꽃이 유지되어야 하는데, 이곳에서는 상당한 수준의 마법을 계속 사용하는 것처럼 마나가 쭉쭉 빠져나갔다.

뉴가 당연하다는 듯 다시 말했다.

"저는 요즘 숨 쉬는 데에도 힘을 줘야 해요. 뉴."

"장난이 아니군. 그래도 하루는 버틸 수 있을 줄 알았는데……."

라크는 이를 악물고 정신을 집중했다. 마나 고갈 상태에 빠질 때까지 해볼 생각이었다.

이걸 시작한 이유는 간단했다. 마력이 오히려 위축된 느낌이 들었기 때문이다.

신성력을 키워도 너무 키웠나 하는 생각까지 들었다. 그래서 신성력 수련만 하는 것보다는 조금이라도 마력 쪽을 같이 하려고 몸 풀기로 시작했는데, 몸 풀기가 죽기 살기로 바뀌었다.

"아아아으으윽!"

결국 라크는 비명과 신음의 중간 형태의 소리를 내며 그대로 쓰러져 버렸다. 마나가 고갈되어 정신을 잃은 것이다.

뉴가 힘없는 발걸음으로 추적추적 다가와 라크의 등에 앞발을 얹고 소량의 마나를 주입해 주었다. 이것으로 회복은 빨라질 터이다.

"에고, 정말 숨 쉬는 것도 힘드네. 뉴."

뉴는 고개를 저으며 다시 침대로 돌아가 늘어졌다. 확실히 이곳은 마수에겐 최악의 환경이라 할 수 있었다.

"라크님, 괜찮으세요?"

문이 열리며 탐린이 들어왔다.

그녀는 간식거리를 가지고 들어왔다가 라크가 쓰러져 있는 모습에 놀라 얼른 라크를 부축했다. 모습은 작아졌어도 힘은 그대로인지라 라크를 작은 인형 다루듯이 가볍게 들었다.

"탐린 언니, 그냥 놔두면 곧 깨어날 거예요. 뉴."

"어머, 그렇니? 힘든 수련을 하셨나 보구나?"

"네. 불꽃 유지라고, 마법사가 죽기 살기로 하는 수련이래요. 뉴."

"아! 그런 위험한 수련을 하시다니⋯⋯."

마법사에 대해서는 거의 모르는 탐린은 뉴의 말을 그대로 믿었다. 확실히 그녀의 상식으로도 뛰어난 전사가 되기 위해서는 목숨을 건 수련을 해야 했기에 라크도 그런 것으로 믿었다.

그녀는 애절한 눈빛으로 라크를 보았다.

"무리는 안 하셔야 하는데⋯⋯."

"사는 게 무리인 사람이에요, 라크는. 뉴."

"휴우, 깨어나시면 이거 드시고 하라고 해라. 난 또 뭐 좀 해올게."

"네, 힘내는 스프는 라크도 저도 좋아해요."

"호호호, 그러니? 고마워."

힘내는 스프는 탐린의 특제 요리로, 서리가 살짝 낀 차가운 스프다.

재료는 알 수 없지만 이걸 먹으면 정말로 힘이 나기에 라크와 뉴는 매일같이 그녀가 가져다주는 스프를 기다렸다.

뉴가 먹어도 힘이 나는 것을 보면 마법적인 요리법으로 만들어진 음식 같았다.

화이트 드래곤 파라타는 그걸 먹고는 이렇게 말했다.

"설인거족의 손끝에는 냉기가 묻어나지. 맛있군. 더 줘."

그 말이 농담이 아닌 것만큼은 뉴가 장담할 수 있었다.

탐린이 탁자 위에 스프를 놓고 나가자 뉴는 다시 힘없는 걸음걸이로 탁자 위에 올라가 자신의 몫으로 놓인 스프를 혀로 핥아 먹었다. 그리고는 탐린이 다시 힘나는 요리를 해온다는 말에 라크를 바라보며 잠시 생각했다.

'가끔씩은 라크가 쓰러지는 것도 괜찮겠는걸? 탐린 언니, 맛있는 걸로 해와요.'

한편, 탐린은 라크의 방에서 나오자마자 파라타에게 갔다.

"파라타 아저씨, 비늘 한쪽만 떼어주세요."

"아니! 뭔 소리냐? 강력한 적이라도 쳐들어오는 거냐?"

지난번 전투 때 파라타는 자신의 비늘을 떼어 탐린의 호신부로 썼었다. 그런데 갑자기 탐린이 비장한 얼굴로 와서 그걸 요구하자 파라타는 탐린이 목숨을 걸고 싸울 일이 있는 줄 알았다.

그러나 탐린은 고개를 저었다.

"아니요. 라크님이 무리를 해서 쓰러지셨대요. 그래서 아저씨 비늘이라도 먹이려고요."

"헉! 내 비늘을 왜 그놈이 먹는데? 무엇보다 그걸 인간이 어떻게 먹어?"

"우리 설인거족의 비전 요리법 중에는 화이트 드래곤의 비늘을 이용한 자양강장식이 있어요. 비늘에 담겨 있는 드래곤의 마력을 냉기로 흡수한 뒤에 갈아서 스프로 만드는 건데, 라크님도 드실 수 있을 것 같아요."

"아니, 언제 그런 방법을 개발해 냈단 말이냐?"

드래곤의 비늘을 식재료로 쓰다니? 파라타 자신은 상상도 해본 적이 없다. 그런데 탐린의 말을 듣고 보니 확실히 비늘 속에 있는 기운은 냉기에 반응을 할 것 같았다.

평소에 그 기운을 이용해 냉기를 흡수하니 그게 반대로도 가능하지 않겠는가?

탐린은 대답했다.

"옛날에 파라타님이 도끼날로 쓰라고 비늘을 몇 개 떼어주셨잖아요. 그런데 도끼날 하나에 비늘이 두 개씩 들어가거든요."

"그래서?"

"파라타님이 주신 게 11개여서 한 장이 남았었어요. 그걸 여자들이 가져다가 얼음 깎는 대패로 쓰다가 우연히 힘나는 스프 속에 빠뜨리는 바람에……."

"허어, 그런 일이?"

세상의 요리 중 많은 것들이 실수로 인해 개발됐다고 한다. 드래곤 비늘 스프도 그것 중 하나였던 것이다.

탐린은 구체적인 요리법을 파라타에게 설명했다. 그리고 그걸 먹은 거인들이 얼마나 힘이 좋아졌는지도 말했다.

"틀림없이 라크님도 원기를 되찾으실 거예요. 안 그래도 요즘 지친 것 같아서 걱정이 되던 차라 꼭 만들어 드리고 싶었어요."

굳은 각오로 두 주먹을 불끈 쥐고 몸을 부르르 떨며 말하는 탐린의 모습에 파라타는 할 말을 잃었다.

'이미 넘어갔군. 그 어린놈이 뭐가 좋아서 거인 아가씨가 인간에게 빠지는 거지?'

파라타는 잘 이해할 수가 없었지만 지금 중요한 것은 그게 아니다.

'내 비늘에 담긴 기운을 인간이 흡수해? 프로스트 자이언트도 아닌 인간이?'

어떻게 될까? 호기심이 적란운처럼 하늘 끝까지 피어올랐다. 파라타는 곧 고개를 끄덕이며 크게 인심 쓴다는 듯 말했다.

"알았다. 저번에 네 호신부로 썼던 비늘이 있으니 그걸 써라."

"와아! 감사합니다."

탐린은 파라타의 호쾌한 승낙에 기쁨의 환성을 지르며 얼른 비늘을 챙겼다. 그리고는 바로 몸을 돌려 나가려고 했는데 파라타가 그걸 막았다.

"그런데 그 스프, 나에게도 좀 나누어 주면 안 되겠니?"

은근히 미식가인 파라타는 한 번도 먹어보지 못한 새로운 요리를 꼭 먹어보고 싶었다.

하지만 탐린은 놀란 얼굴로 파라타를 보며 물었다.

"아저씨, 자기 비늘로 만든 요리를 드시고 싶으세요?"

자기 살 떼어 먹기다. 파라타는 그걸 깨닫고는 험험, 하고 헛기침을 하며 고개를 돌렸다.

"아니, 됐다. 그냥 그놈에게나 먹여라."

"그럴게요. 헤헤헤."

모처럼 귀한 요리를 하게 된 탐린은 즐거워하며 얼른 주방으로 갔다.

*   *   *

겨우 정신이 든 라크는 탐린이 놓고 간 힘나는 스프를 단숨에 들이켰다. 감자 스프와 비슷한 맛의 스프였는데 시원함이 뱃속까지 퍼져 정신이 확 드는 듯했다.

"후, 이제야 살 만하군. 그런데 이제 어떻게 하지?"

고갈된 마나가 회복되지 않는다. 이곳에서는 마법사의 마나는 아예 회복이 안 되는 것이다!

"외부로 나가서 회복하고 와야죠. 뉴."

뉴가 의견을 말했다. 사실 뉴 역시 그동안 소모된 마나가 회복이 안 돼서 고생하던 참이었다.

"음, 꼭 그래야 하나?"

"안 그러면 아예 마력 대신 신성력으로 몸 안을 꽉꽉 채우시던가요. 뉴."

"그건 좋지 않아. 잘못하면 평생 마법을 사용하지 못하게 될 수 있거든."

"그럴까요? 뉴."

"응. 마력이 신성력보다 압도적으로 강할 때에도 무지하게 고생을 했는데, 그 반대의 경우라면 정말 힘들 거야."

말이 되는 소리다. 마나를 다루는 데 익숙한 라크였기에 신성력이 몸 안에 쌓일 때 극렬하게 움직이는 마나를 제어할 수 있었다.

반대의 경우라면 강대한 신성력이 날뛸 터인데, 그건 정말로 극복할 자신이 없는 라크였다.

"우웅, 그럼 나가요. 뉴."

"어쩔 수 없나?"

라크는 다시 반문을 하며 망설였다. 사실 그는 신성력과 마력의 융합, 즉 빛의 마법의 깨달음을 얻기 전에는 이곳에서 나가지 않고 계속 수련을 하겠다고 결심했었다.

예외라면 가나크가 정령의 숲으로 떠났다는 정보가 들어왔을 때뿐인데, 그건 제임스가 황궁의 비밀 연락망을 이용해 알려주기로 했다.

물론 결심은 깨라고 있는 것이니 일단 밖으로 나가 마나 고 갈 상태를 벗어난 이후에 다시 들어올 수는 있다.

문제는 그건 보통 사람의 성격이고, 라크는 그렇지 못하다 는 것이다. 라크는 한 번 마음먹으면 무조건 지키는 옹고집 중에 옹고집이었다.

'신성력 수련을 계속해?'

완전히 망할 것 같았다. 신성력이 라크의 제어력을 벗어나 는 순간부터 라크는 마법사가 아닌 사제의 길을 걸어야 할 것 이다. 예외는? 없다.

'밖으로 나가?'

그러기 싫었다. 이유는? 없다.

"쩝, 어쩔 수 없군. 나가는 수밖에."

라크는 결국 한숨을 쉬며 자신의 결심을 포기할 수밖에 없 었다.

혼자만의 일이 아니다. 힘을 얻는 것이 늦어지면 시르카가 위험할 수도 있지 않은가? 감정적으로 싫어도 이성으로 극복 을 해야만 했다.

"나갈 거예요? 뉴."

뉴가 침대 위에서 고개를 번쩍 들며 물었다. 나가서 바깥의 신선하고 마나로 가득 찬 공기를 들이마실 수 있다는 생각을 하는 것만으로도 몸 안의 잠재력이 발동되는 모양이다.

"마지막으로 하루만 더 마나 수련을 해보고, 그래도 안 모이면 나가자."

"그래요, 그럼. 뉴."

하루는 더 기다릴 수 있다. 뉴는 다시 머리를 침대 위에 축 늘어뜨렸다.

하루! 라크는 속으로 대뇌이며 자세를 바로 잡았다. 몸 안에 기운이 하나도 없었지만 최대한 자세를 바르게 하고 정신을 집중하여 심장의 마나 서클을 자극했다.

'찌꺼기라도 남았으면 좀 움직여라!'

간절하게 염원하며 계속해서 집중을 유지했다. 그러나 솔직히 마나 고갈이라는 현상이 장난이 아닌 이상, 없는 마나가 갑자기 생길 리는 없다.

근력이라면 죽을힘이라도 내겠건만, 마나는 조금도 모이지 않았다.

힘나는 스프에 마력이 담겨 있으니 그것이라도 모일 줄 알았는데, 그것은 희망사항일 뿐이다.

원래 마나 고갈 현상 자체가 생체 유지를 위한 최소한의 마나까지 고갈되어 직사 직전까지 가는 것을 의미하기 때문에 힘나는 스프로 얻은 마나는 뉴가 보태준 마나와 함께 라크를 살리는 데 기여했다.

라크가 그나마 일어나서 말하고 궁리하는 것도 스프의 힘이라 할 수 있었다.

'모여라! 움직여!'

속으로 아무리 외쳐도 몸이 말을 듣지 않는다. 이렇게 되고 보니 정신 집중도 힘들다.

그래도 라크는 참았다. 흐트러지려는 정신을 집중하고 또 집중하여 실낱같은 마나만 움직여도 그것을 잡아낼 수 있도록 예민하게 몸 안을 관찰했다.

살아 있는 존재의 몸에는 마나가 흐른다. 라크는 그것을 믿었다. 문제는 그걸 느낄 수 있는가 하는 점인데, 느껴야 했다. 그래야 움직일 수 있다.

시간의 흐름은 어느새 잊혀지고, 라크는 완벽하게 집중할 수 있었다. 이제는 힘든 줄도 모르고 그냥 몸속을 관조하는 심정이 되었다.

바람 한 점 불지 않아 거울처럼 흔들리지 않는 호수의 수면에 낚싯대를 드리우고 있는 것과 같았다.

언제 움직일까 하고 조바심을 내어도 낚싯대는 움직이지 않는다. 그냥 보다 보면 찌가 움직이고, 그때에는 틀림없이 완벽한 타이밍으로 낚싯대를 잡아챌 수 있을 것이다.

어느 순간 정말로 라크는 호수의 물이 흐르는 것을 느꼈다.

'지금이다!'

라크는 속으로 환호성을 지르며 급히 낚싯대를 잡아챘다. 그리고 그 끝에 딸려온 가느다란 마나의 끈을 놓치지 않고 서서히 움직였다.

마나가 움직이니 신성력이 반발하기 시작한다. 호수 전체가 풍랑을 만난 바다처럼 거칠게 움직였다. 겨우 잡은 마나의 끈은 그에 비하면 가는 거미줄과 같았고, 지금이라도 맥없이 끊어질 것 같았다.

'놓칠 수는 없다!'

라크는 전신이 격렬하게 떨리는 자극 속에서도 정신 집중을 잃지 않았다. 오직 그 가느다란 마나의 흐름에 모든 것을 걸었다.

서서히, 아주 서서히 마나의 흐름은 굵어져 점점 끊어지지 않는 밧줄이 되어 심장의 서클을 채웠다.

한 바퀴, 두 바퀴… 신성력으로 가득 찬 곳에서 마나가 커지는 것은 일종의 경이였다. 적어도 라크에게는 기적과도 같은 느낌으로 다가왔다.

그러나 마나가 커지면서 신성력의 반발력도 더욱 커졌다. 이제는 정신력의 문제가 아닌 몸의 내구성의 한계에 도달하고 있었다.

고통! 몸이 가루가 될 것 같은 고통이 몰아쳐 왔다. 정신이 아득해질 정도의 고통은 라크가 가까스로 유도하고 있는 마나의 흐름을 가차없이 방해했다.

'반발력! 이건 아니야. 내가 원하던 것은 융합이라고! 신성력과 마력의 융합!'

라크는 정신이 번쩍 들 만큼 크게 고함을 질렀다. 물론 입으로는 소리가 나가지 않고 머릿속으로만 울려 퍼졌을 뿐이다.

그때, 등 뒤에서 따뜻한 기운이 흘러 들어왔다. 마나이다.

'뉴?'

뉴의 기운이었다. 라크가 뭔가 위험하다는 것을 느낀 뉴가 없는 마나를 짜내어 라크의 몸속에 넣고 있었다.

신성력의 반발이 그쪽으로 갈라지면서 압력이 낮아져 라크는 잠시 살 만해졌다. 그사이 필사적으로 머리를 굴렸다. 공존, 마력과 신성력의 공존!

'변화와 진화, 마력의 속성을 바꾼다. 빛!'

라크의 머릿속에 섬광처럼 떠오르는 생각은 바로 빛이었다. 그리고 그것은 라크가 의식하기도 전에 행동으로 옮겨졌다.

파앗!

머릿속이 환해지는 것과 심장을 둘러싸고 있는 마나가 빛이 속성을 띠기 시작한 것 중 어느 것이 먼저일까? 라크의 마나는 모두 빛으로 화했다.

하지만 빛이든 얼음이든 마력은 마력이다. 신성력의 반발은 여전했다. 오히려 속성을 띠기 시작하면서 양이 불어난 마력에 신성력은 더욱 강하게 움직였다.

'으으으으!'

몸에 다시 고통이 느껴졌다. 이 정도라면 순식간에 내부가 붕괴될 것이다.

이게 아닌가? 순간적으로 망설임이 찾아왔다. 지금이라도 마나의 흐름을 놓아버린다면 신성력의 폭주는 가라앉을 터였다.

'안 돼!'

라크는 소리를 질러 약해지려는 마음을 바로잡았다. 그리고는 이를 악물고 계속해서 마나를 빛으로 바꾸었다.

마치 자살과도 같은 행위에 라크의 몸 전체가 서서히 빛나기 시작했다. 몸이 붕괴되려는 전조 현상이다. 이제는 의식조차 희미해진다.

라크는 정말로 죽음을 느꼈다. 바로 그때, 그는 느꼈다. 무엇인가가 부족하다는 것을.

'그렇군. 변화는 한쪽만 일어나서는 안 되는 거였어.'

보지 않아도 알 수 있는 확신과도 같은 느낌. 그것은 바로 깨달음이었다.

우우우웅—

라크의 몸에서 새어 나오는 빛이 더욱 강해졌다. 하지만 지금의 것은 라크의 몸을 붕괴시키는 힘이 아니었다. 오히려 라크의 몸을 회복시키려 했다.

치유의 빛! 가장 초급의 신성 마법의 힘이지만 그동안 쌓인 신성력이 폭주하는 상황이어서 그런지 효능이 더욱 강화되었다.

라크는 필사적으로 신성력을 빛의 속성으로 변화시켰다.

신성력으로 가장 구현하기 쉬운 성질은 바로 빛! 이런 상태의 라크로도 충분히 가능했다. 그리고 그렇게 변한 빛은 조금 전과는 다른 움직임을 보였다.

서로 반발하는 두 개의 빛! 그것은 대부분 반발했지만 그중 극소수는 오히려 서로 섞여 새로운 빛을 생성했다.

그것이야말로 무엇보다도 찬란한 빛! 모든 원소의 근원이라는 에텔의 빛이었다.

라크는 자신의 몸속에 분명히 존재하는 에텔을 느꼈다. 상상도 해본 적이 없던 물질이지만, 지금 그것은 라크의 의식과 감각 속에 분명하게 잡혔다.

'이것이군. 이것이 진정한 빛이야! 마력과 신성력은 모두 이것이 변해서 생성된 하나의 속성에 불과해! 그들은 결국 다른 것이 아니야!'

해일처럼 밀려오는 정신적인 충격이 라크를 극도의 쾌락

에 빠뜨렸다.

다시 태어난 기분! 몸 안의 불순물이 하나도 존재하지 않는 느낌! 그렇게라도 설명할 수밖에 없는 기묘한 쾌락이었다.

어느 순간 라크는 몸 안을 가득 메우는 빛의 느낌, 그 기쁨에 감격에 찬 비명을 질렀다.

"아아아아아아아!"

크게 떠진 두 눈에서 눈물이 주르륵 흘러 나왔다. 육체가 존재하는지 하지 않는지도 잘 구분되어지지 않았다.

"라크! 괜찮아요? 뉴."

뉴가 놀라서 라크를 보았다.

그렇지 않아도 한계에 달한 라크의 몸 상황을 느끼고 걱정하던 뉴였다. 그러던 것이 순식간에 뉴가 알지 못하는 성질의 힘이 라크의 몸을 채웠다.

움직이지도 흡수할 수도 없는 힘이었다! 분명한 것은 신성력은 아니라는 것이다.

라크는 대답을 하지 못했다. 그저 눈물만 흘렸다.

한참의 시간이 흐른 뒤, 라크는 겨우 입을 열어 말했다.

"세상은 빛으로 이루어져 있었다."

그는 또다시 빛의 마법사가 되었다.

Chapter 3

티모라의 연구실

크가 비명을 지르고 두 눈에서 눈물을 흘린 것은 입구 바깥쪽에 있던 대기사제에 의해 즉시 교황 알카 6세에게 전달되었다. 그리고 거의 동시에 수방의 딤린에게도 알려졌다.

알카 6세는 즉시 모든 업무를 뒤로 미루고 달려왔고, 탐린은 주방에서 드래곤의 비늘을 움켜잡고 걱정에 몸을 떨었다.

어쨌거나 탐린이 가지고 있는 냉기의 식재료들이 비늘의 마력을 흡수하기 전에는 절대로 움직일 수 없었다.

결국 라크의 방에 먼저 도착한 것은 알카 6세였다.

"라크! 괜찮아?"

완전히 친구를 부르는 말투, 알카 6세는 라크의 방 안에서는 교황의 신분을 잊겠다고 측근에게만 선포했다. 아직 젊은 교황의 어리광에 측근들은 씁쓸한 미소를 지었을 뿐이다.

물론 라크는 알카 6세를 완벽하게 교황 취급했다. 아무리 상대가 친구먹자고 해도 황제는 황제다.

"폐하, 전 괜찮습니다."

"갑자기 비명을 질렀다고 했는데, 혹시 몸에 이상이 있는 건 아니지?"

괜찮다고 했잖아. 라크는 속으로 그렇게 말하고는 따뜻한 미소를 지어 보였다.

"방금 제가 찾던 길을 찾았습니다. 즐거움의 환호성이었으니 안심하십시오."

"앗! 정말? 빛의 마법을 되찾은 건가?"

"그런 셈입니다."

"보여줘!"

두 눈에서 또랑또랑한 빛을 발하며 간절하게 말하는 알카 6세는 정말로 슈퍼스타를 보는 극성팬의 모습과 같았다.

한두 번 겪어본 일이 아니기에 라크는 다시 미소를 지으며 손을 들어 손바닥을 위로 향해서 폈다.

팍!

주문을 외우지도 않았는데 파이어 볼의 불덩어리가 손바닥 위에 생성되어 이글이글 타오르기 시작했다.

방금 전까지 마나가 고갈되어 움직이기도 힘들었던 라크였지만 이제는 이 안에서도 마법을 자유롭게 쓸 수 있게 되었다.

라크가 천천히 집중을 하자 파이어 볼이 점점 하얗게 변했다. 그러더니 세 배로 커졌다.

슈우우우우—

라크의 머리보다 커다란 빛의 덩어리가 방 안을 밝혔다.

알카 6세는 자신도 모르게 탄성을 질렀다. 그는 그 빛의 덩어리에서 신성력의 힘을 느꼈다. 그것도 상당한 고위의 힘을!

"폐하께서는 이걸 신성력으로 느끼실 겁니다. 하지만 마법사라면 마법으로 느낍니다."

"그럴 리가?"

"두 성질은 서로 반발하며 더욱 커집니다. 일부는 하나가 되어 새로운 성질이 되기도 합니다만."

"으음."

이미 그가 모르는 세계의 이야기이다. 알카 6세는 라크의 설명에 전율을 느꼈다.

그리고 라크의 손바닥 위의 빛덩이가 마지막 변화를 보였다.

사아아아아—

빛이 약해지며 드러나는 물질, 그것은 바로 투명한 얼음의 덩어리였다!

"이 얼음 덩어리는 방금 전까지는 불이었습니다. 빛의 변화를 알게 되면 마나의 양도 성질도 모두 바꿀 수 있습니다."

"아아아, 기적! 빛의 마법은 바로 기적의 힘이었단 말인가?"

알카 6세가 아는 상식으로는 라크의 입에서 나온 말의 내용은 천신이 직접 개입한 기적 말고는 일어날 수 없는 일이었다.

"폐하께서 말씀하시는 기적이 무엇인지는 모르겠지만, 이론적으로 빛의 마법은 모든 마법의 정점에 있습니다. 이제야 그걸 알겠습니다."

라크는 자신만이 영혼의 오염을 정화시킬 수 있었던 이유도 깨달았다.

모든 속성의 마나 변화가 가능한 이상, 라크가 마음만 먹으면 영혼의 오염이라는 마법도 구현화할 수 있을 것이다.

"마나의 양까지 변화시킬 수 있다는 것은 지금이라도 무한한 마나를 소유할 수 있다는 뜻이잖아!"

"그건 아니죠. 제가 제어할 수 있는 수준까지만 변화시킬 수 있습니다."

"아, 그건 그렇겠군."

"그리고 이론과는 달리 실제로 변화를 시키는 데에 적지 않은 힘이 소모되기 때문에 효율적인 면에서는 그다지 좋지 않습니다. 그것이 바로 빛의 마법이 현재 가지는 한계인 듯합니다."

"어? 그러니까 무슨 마법이로든 변화시킬 수 있고, 한번에 어느 정도까지는 강화가 되지만 효율은 별로라는 뜻?"

"그런 셈입니다."

"그렇군. 무적은 아니었군."

알카 6세는 그때서야 나름대로 말이 된다고 생각했는지 약간 아쉽다는 표정을 지으며 고개를 끄덕였다.

하지만 알카 6세가 간과한 점이 있다. 그것은 라크가 말한 한계는 바로 현재의 라크의 한계에 불과한 것이라는 점이다.

라크는 확신할 수 있었다. 인간인 이상 완벽하게 지유로운 변화는 불가능하겠지만, 수련에 따라 점점 효율이 높아질 것이다. 그리고 조금이라도 효율이 높아진다는 것은 그만큼 인간의 한계를 벗어난다는 뜻이 된다.

'문제는 시간이지. 그리고 가나크도 빛의 마법을 알고 있다는 점이고.'

가나크는 어느 정도의 효율로 마법을 구사할 수 있을까?

짐작도 가지 않는다.

그리고 효율이 나쁘더라도 그는 마족의 마력을 손에 넣은 존재, 애초에 소유한 마나의 양이 인간의 한계를 확실하게 초월해 있을 것이다.

반면에 라크가 지닌 마나의 양은 다른 고위 마법사들보다 낫다고 할 수 없다. 적어도 방랑의 클라우드와 같은 전전대 고위 마법사보다는 확실히 떨어진다.

"그래도 이제는 싸워볼 만하지."

라크는 자신의 손을 보며 중얼거렸다. 손 안에 담긴 힘에 그의 자존심과 긍지가 느껴졌다.

그때 탐린이 들어왔다.

"라크님! 이거 드세요."

그녀가 내민 그릇에는 차갑게 서리가 끼어 있었고, 여느 때와 같은 고소한 향기의 찬 스프가 담겨 있었다. 그리고 스프의 중앙에는 얇은 비늘과도 같은 것이 둥둥 떠 있었다.

"힘나는 스프인가요?"

"아니에요. 이건 드래곤 비늘 스프이에요."

"예? 드래곤 비늘?"

드래곤의 비늘이라면 바로 이 세상에서 가장 질기고 튼튼하다는 그 비늘이 아닌가?

대부분의 마법을 튕겨내고 불과 냉기, 전기 등의 속성에도 강하며 마스터의 오러 블레이드가 아니면 흠집조차 내기 힘들다는 그 최강의 물질! 그걸 요리 재료로 쓸 수 있단 말인가?

라크는 이해할 수 없다는 눈으로 탐린과 스프를 번갈아 보았다.

회심의 역작을 성공시킨 탐린은 기쁜 표정으로 말을 계속했다.

"다행히도 파라타님께서 허락해 주셨거든요. 비늘에 담겨 있던 마력이 몸을 크게 보하게 해줄 거예요."

"으음, 드래곤의 힘을 극히 일부나마 얻을 수 있는 건가요?"

"자세한 건 저도 몰라요. 이게 만들어진 건 이번이 딱 두 번째거든요. 참, 차가우니 조심해서 드세요."

"탐린 언니, 제 건 없어요? 뉴."

뉴는 보기만 해도 군침이 도는지 어느새 라크의 어깨 위로 올라와서 물었다. 그의 두 눈이 탐욕으로 인해 만쩍빈짝 빛나고 있었다.

"미안, 이건 딱 요만큼밖에 만들 수가 없거든. 뉴는 나중에 힘나는 스프를 만들어줄게."

"히잉, 이게 맛있는데. 뉴."

라크는 생각했다.

'뉴가 이렇게 탐내는 것을 보니 확실하게 마나를 보충해

주나 본데? 내가 과연 먹을 수는 있을까?

자신할 수 없었다. 라크는 탐린에게 말했다.

"저는 인간이라서 이걸 먹을 수 있는지 없는지 확신할 수가 없어요."

"예? 그런……."

정성들여 만들어 왔는데 라크가 안 먹는다면 그것보다 슬픈 일은 없다. 탐린의 두 눈에 눈물이 서서히 차올랐다.

라크는 얼른 다시 말했다.

"뉴가 일단 맛을 보면 제가 먹을 수 있는지 없는지를 바로 알 수 있어요. 그렇지?"

"예, 전 라크의 몸 상태 정보를 다 알고 있어요. 뉴."

"어머, 그러니?"

탐린은 좋은 사실을 알았다는 듯 손을 모으며 눈을 빛냈다.

라크는 순간적으로 왠지 모르게 위기의식을 느꼈지만 일단은 이야기를 계속했다.

"그러니까 뉴에게 일단 조금 먹어보라고 하죠. 괜찮죠?"

"물론이에요. 뉴, 부탁할게."

"헤헤헤, 염려 마세요. 딱 세 숟가락만 먹어볼게요."

뉴는 허락을 얻자 기분이 마구 좋아진 듯 코를 살짝 벌름거리며 얼른 스프 쪽으로 다가갔다.

라크는 스푼으로 드래곤 비늘 스프를 떠서 뉴에게 먹였다.

"오오옷, 정말 맛있네요! 이게 드래곤 비늘의 맛이란 말이죠? 뉴."

첫 숟가락에서부터 뉴는 감탄성을 질렀다. 지금까지 힘없이 처져 있던 뉴의 전신에 생기가 넘쳐흘렀다.

라크는 다시 한 번 떠서 뉴에게 먹였다.

뉴의 몸에서 마나가 발산되어 주변의 신성력을 밀어내기 시작했다. 단 두 숟가락에 뉴가 처음 지하 대신전에 들어왔을 때의 기운이 돌아온 셈이다.

그리고 마지막 한 숟가락. 뉴는 아까운 듯 서서히 스프를 마셨다. 그리고는 두 눈을 지그시 감고 맛을 음미했다.

마나가 회복되어 여유를 되찾은 뉴였기에 이제는 진짜로 맛을 보는 것이다.

"향기와 맛이 다 같이 좋네요. 그리고 시원한 감촉이 힘나는 스프보디 더 강해요."

"오호!"

"그런데 라크가 마시면 전신이 얼어붙을 것 같은데요?"

"아! 그럼 역시 안 되는 거니?"

탐린이 안타까운 표정을 지으며 물었다. 뉴가 거짓말을 하는 성격은 아니니 그가 아니라면 아닌 것이다.

뉴는 잠시 궁리를 하다가 말했다.

"라크는 얼음 조각의 냉기도 흡수한 적이 있어요. 그걸 생각해 보면 이것도 마실 수 있지 않겠어요? 입으로 먹는 건 불가능해도 몸으로 흡수하는 건 가능할 거예요."

"확실히 그건 가능하겠구나."

라크도 같은 생각을 하고 있었다. 스프의 성분을 모두 마나로 되돌린 다음, 그걸 흡수하는 것은 한 번 해본 작업이다.

일반 물질은 그게 불가능하지만 마나 음식류라면 가능하다.

탐린은 신기하다는 표정을 지으며 말했다.

"그런 방법이 있었군요. 음식을 입으로 먹는 게 아니라 몸으로 흡수한다니."

인간만이 가지는 능력일까? 탐린은 라크가 몸으로 스프를 마시는 모습을 상상하려 했지만 잘 되지 않았다.

"특수한 음식이니까요. 어쨌든 간에 그러기 위해서는 특별한 마법진이 필요합니다. 마나의 흐름을 외부로 유출시키지 않는 강력한 결계 마법으로 공간을 봉인해야 하죠."

"결계 마법이요? 이곳에서는 모든 마법진이 작동하지 않을 텐데요. 신성 마법진이라면 상관없지만 말이에요."

알카 6세는 어려운 문제라는 듯 고개를 저었다. 그러나 라크는 의미심장한 미소를 지으며 다시 말했다.

"방금 전까지는 그랬지만 지금은 아닙니다. 제가 설치하는 마법진은 신성 결계의 속성을 가집니다. 오히려 그로 인해 더욱 강력한 봉인력을 가지게 되는 것이죠."

"그럼 라크님은 마법과 신성력의 경계선을 초월했단 말이군요?"

"조금 전에도 보여 드렸을 겁니다. 제가 쓰는 모든 마법은 신성 마법이기도 합니다. 동시에 그게 바로 빛의 마법입니다."

"으음, 신성력과 마법이 공존하다니……."

알카 6세도 탐린도 더 이상 뭐라고 말을 하지 못했다. 하지만 솔직히 말해 라크는 신성 마법도 자유롭게 사용할 자신이 있었다.

아직 다루는 데 익숙하지는 않지만 얼마 안 가서 최강의 신성 마법인 완전 재생이나 태양광도 사용할 수 있을 것이다.

지금까지 그런 짓은 드래곤에게나 가능했다. 드래곤은 물질계에서 유일하게 마력과 신성력, 그리고 정령력까지 소유한 존재이니 당연하다.

라크의 경우는 조금 다르다. 라크는 신성 속성의 파이어 볼도 사용할 수 있고, 흑마법의 힘으로 완전 재생을 쓸 수도 있다. 이건 드래곤도 못한다.

물질계의 법칙을 가뿐하게 무시한 반칙 마법이 바로 빛의 마법인 것이다.

"그럼 밀실을 하나 준비해 주시겠습니까? 제가 그곳에 결계 마법을 설치하겠습니다."

"그렇게 할게."

알카 6세는 순순히 라크의 청을 받아들였다. 그리고는 대기사제를 불러 작은 기도실 하나를 비우도록 했다.

라크는 탐린의 스프를 들고 그곳으로 갔다.

탁자 위에 스프를 놓은 후 사방의 벽과 천장, 그리고 바닥까지 빽빽하게 마법의 문양을 그렸다. 그 안에는 마법의 룬어뿐만 아니라 신성어도 적지 않게 섞여 있었다.

스승으로부터 배운 비밀의 마법진. 그것은 아주 옛날부터 내려와 빛의 탑에 이어진 것으로, 신성력으로 마력을 강화하는 힘이 있다고 했다.

대마녀 티모라는 이 마법진에서 빛의 마법의 힌트를 얻었다고 한다. 라크는 이제야 이 마법진에 섞여 있는 신성어의 작용 이론을 확실하게 깨달을 수 있었다.

"다 되었군. 뉴, 시작하자."

"알았어요. 뉴."

라크의 신호에 뉴도 정신을 집중했다.

뉴는 이곳에 온 이후 마나를 제대로 얻지 못해서 기운이 빠진 상태이다. 그런데 이번에 라크가 신성력이 섞인 마나를 이용하는 것을 보고 그 방법을 배워야 한다고 결심했다.

마법진이 발동하고 라크가 마나를 흡수하기 시작하면 라

크의 마력이 어떻게 움직이는지를 잘 관찰해야 한다.

'안 그러면 굶어죽을지도 몰라. 뉴.'

굶주림은 생각만 해도 공포이다. 뉴는 필사적인 기분이 되었다.

우우우웅—

마법진이 발동하기 시작했다.

처음에 공간을 가득 메운 것은 마나가 아닌 신성력이었다. 그러나 그 신성력은 곧 마법진의 흡입력에 의해 벽과 천장 쪽으로 집중되었다. 그럼으로써 방 한가운데는 상대적으로 신성력이 약해졌다.

그곳에 마나가 모였다. 일단 모인 마나는 다시 원래대로 돌아가려 했지만 사방에 뭉쳐 있는 신성력이 그들을 밀어냈다.

격렬한 전투 중 벌어지는 중장 보병들의 밀어내기 승부와 같았다. 순식간에 방 안은 후끈한 열기로 가득 찼다.

냉기는 열기에 약하다. 하지만 화이트 드래곤의 힘이 깃든 냉기는 다르다. 방 안이 더워지자 오히려 냉기를 더욱 강렬하게 뿜어대기 시작했다.

스프 안에 잠겨 있던 냉기가 외부의 자극에 의해 발산되는 것이다. 스프 접시를 올려놓은 탁자 위에 두꺼운 서리가 끼었다.

이렇게 방 안은 신성력과 마나, 그리고 열기와 냉기의 복합 전투가 벌어지게 되었다.

그곳에 유일하게 방관자로 존재하는 라크는 천천히 손을 들어 스프 쪽으로 내밀었다. 그러나 곧 살짝 목표를 바꾸어 테이블을 잡았다. 지금 스프나 접시에 손을 대면 그대로 얼어 죽을 가능성이 높았다.

'천천히, 마나는 도망가지 않는다. 시간을 들여 조금씩 흡수하면 되는 거야.'

라크는 급해지려는 스스로에게 속삭였다. 그리고는 테이블을 통해 전해지는 냉기를 흡수하기 시작했다.

그것만 해도 과거 바위 속에서 얼음 조각의 냉기를 흡수하던 때와 거의 비슷했다.

"크으으!"

손에도 서리가 끼기 시작해서 어느새 팔뚝까지 올라왔다. 핏줄 속의 피도 얼어붙은 것이 아닐까? 그래도 한 번 해봤다고 고통이 약간 덜한 듯했다.

'이대로만 가자!'

라크는 다시 한 번 다짐했다. 그러나 그 순간 테이블이 파캉! 하는 소리와 함께 깨어져 가루가 되어버렸다.

한계를 넘는 냉기에 나무의 조직이 버텨내질 못한 것이다.

"아!"

팍!

라크는 놀라서 급히 팔을 움직여 접시를 잡으려 했다. 그러나 손가락이 얼어붙어 움직이지 않았다.

어설프게 접시를 치는 형국이 되었다. 당연히 접시는 뒤집어졌고, 스프는 라크의 머리 위에 그대로 쏟아졌다.

"라크! 뉴."

뉴가 놀라서 외쳤다. 지금 스프를 뒤집어쓰면 나무 탁자처럼 되어버릴 가능성이 컸다. 라크가 산산조각이 나서 파괴되어 버릴 수 있는 것이다.

뉴는 필사적으로 자신의 모든 마나를 라크의 몸속에 주입했다. 그러나 이미 늦은 것 같은 느낌이 들었다. 머리 위쪽부터 몸 안쪽으로 냉기가 침투하고 있었다.

눈 깜짝할 사이에 라크는 그대로 얼음 덩어리가 되었다.

그래도 뉴는 쉬지 않고 마나를 흘려보냈다. 아직은 라크가 살아 있었기에 포기할 수 없었다.

머리! 그쪽에 신성력이 모여 냉기를 튕겨내고 있었다. 이런 상황에서도 라크는 포기하지 않고 자신의 가장 중요한 부분을 지키고 있는 것이다.

그렇다면! 뉴는 집중적으로 심장을 보호하기 시작했다. 심장은 힘의 상징, 그곳이 정지하면 마나조차 흐르지 않게 되고 영혼이 육체를 떠난다.

외부에서는 이런 사실을 전혀 알 수 없기에 라크는 그대로 얼음 덩어리가 된 채로 있어야 했다.

시간이 정지한 것처럼 라크도 뉴도 움직임이 없었다. 오직 마법진에 모여 있는 신성력과 공간 중에 요동치는 마나의 격렬함만이 시간의 흐름과 함께 더해가고 있을 뿐이다.

*　　　*　　　*

모든 것이 정리되고, 이제는 시르카의 영혼을 오염시키는 것만이 남았다. 그런데 그것이 결코 쉽지 않았다.

숲의 탑은 다른 탑과는 조금 사정이 다르다. 정령을 다루는 것은 보통 인간에게는 전혀 불가능한데, 숲의 탑에 들어가기 위해서는 정령력이 필요하다.

이건 힘의 크기와는 관계없기에 가나크도 숲의 탑에 들어갈 수는 없었다. 파괴라면 몰라도 소유는 절대 불가능한 것이다.

"하지만 방법은 있지."

가나크는 나직한 목소리로 중얼거렸다.

정문에 걸려 있는 정령의 비밀 암호를 알게 되면 탑에 들어갈 수 있다. 일단 들어가면 소유할 수 있다. 그러나 그걸 아는 사람은 탑의 주인, 즉 시르카뿐이다.

원래 비밀 암호는 탑의 주인이 급한 일이 있을 때 믿을 수 있는 사람에게 전해 탑의 힘을 움직이게 하기 위해 만들어진 것으로, 평소에는 절대로 남에게 알리지 않게 되어 있는 것이다.

"정령의 숲에 들어간 자들이 돌아오지 않습니다."

"보고도 없습니까?"

"그렇습니다."

달라스의 보고에 가나크는 입을 다물고 손을 턱에 괸 채 생각에 잠겼다.

이번에 보낸 자들은 현자의 탑에서도 정예다. 마법사들의 세계에서 벌어진 어두운 일들을 처리하기 위한 비밀 요원들인만큼 잠입과 염탐 등에 있어 도둑 길드의 정예들에 비해 절대 떨어지지 않는다고 자신할 수 없다.

그런데 그런 자들이 십여 명이나 들어가서 소식이 없다. 죽으면 죽는다고 최후의 전갈이라도 보내야 하는데, 그것조차 없다.

"상당한 함정을 파놓았나 보군요."

가나크가 말하자 달라스는 침중한 얼굴로 고개를 숙였다.

"그렇습니다. 적어도 제가 직접 기른 자들이니 환영에 맥없이 당하지는 않을 것입니다. 그런 만큼 최후의 전갈조차 못 보냈다면 일순간에 당했다고 봐야 합니다."

"정령의 숲이니까요. 아마 샤먼들이 힘을 보태고 있을 겁니다."

"정령의 힘입니까?"

"과거 시르카님에게 상급 정령들은 마나를 봉인하는 힘이 있다고 들은 기억이 있습니다."

가나크의 말에 달라스는 잠시 입을 다물고 그의 말을 머릿속으로 되뇌었다. 그리고는 그건 아니라는 듯이 고개를 저었다.

"그렇다고 해도 열 명이나 되는 대원들이 동시에 당할 수는 없습니다."

"아니요. 상급 정령이 동시에 열 이상 소환되었다고 보면 됩니다."

"그런! 그건 불가능합니다."

달라스는 가나크의 말을 부정했다. 그 정도라면 밀림의 샤먼들 중 강력한 자들 태반이 모여서 힘을 써야 한다.

그런데 이쪽에서 정면으로 쳐들어간 것도 아니고, 잠입을 한 상태에서 샤먼들이 모여 집중 공격을 할 수 있을 리가 없다.

그러나 가나크는 다시 말했다.

"저도 잘은 모르지만 방법은 있을 겁니다. 가령 샤먼들의 힘을 시르카님이 일시적으로 모두 모을 수 있다던가……."

"그런 게 가능합니까?"

"모릅니다. 적어도 확실한 것은 그곳에 들어가면 10명 이상의 상급 정령과 싸울 각오를 해야 한다는 겁니다. 어느 곳으로 들어가든 말입니다."

가나크의 말은 아주 냉정했다.

달라스는 더 이상 대답을 할 수 없었다. 그러자 한쪽에서 조용히 듣기만 하던 마화의 진이 말했다.

"숲에 불을 지르거나 다수로 공격을 하는 것이 좋겠습니다."

"불을? 슈앙 밀림에 불을 지르는 것은 곤란합니다. 질러도 곧 꺼질 것입니다."

"그렇다면 전면 공격을 하는 것이 가장 좋겠군요."

달라스의 반박에 진은 아무렇지도 않게 대답했다. 그러나 그가 말하는 내용은 아무렇지가 않다.

전면 공격, 그것은 현자의 탑의 주요 마법사들이 모두 동시에 정령의 숲으로 공격해 들어가는 것을 의미한다. 말하자면 슈앙 밀림과 현자의 탑의 전쟁이라고 할 수 있다.

정말로 상급 정령이 십여 명이나 나타난다면 소수로는 공략이 불가능하다. 고위 마법사라고 해도 그걸 막아내기가 쉽지 않은데, 적의 공격이 그걸로 끝일 리가 없다.

또한 숲의 마법사가 숲속에서 어떤 힘을 발휘할지는 그들도 예측할 수 없었다.

가나크는 그들의 대화를 들으며 계속해서 고민하고 있었다. 그때, 마화의 진이 다시 말했다. 평소에는 거의 말을 하지 않는 그였지만 일단 말을 꺼내면 무겁고 신중한 성격의 그였다.

"제가 선두에 서겠습니다. 달라스님과 함께 간다면 어떤 공격도 두렵지 않습니다. 만약에 숲의 마법사가 직접 나선다면, 그때 가나크님께서 손을 써주십시오."

"그게 제일 확실하기는 한데……."

달라스는 그다지 내키지 않는지 말을 줄였다.

가장 가능성이 높은 방법이기는 하나 그만큼 위험하다. 가나크가 명을 내린다면 기꺼이 수행하겠지만, 원래 그가 지향하는 것은 안전한 마법사 생활이었다.

할 말을 다한 두 고위 마법사는 조용히 가나크의 결단을 기다렸다.

전쟁! 그것은 정말로 비장한 각오가 있지 않으면 함부로 일으킬 수 없는 일이 아닌가?

이윽고 가나크가 입을 열었다.

"두 분의 마음은 잘 알겠습니다만, 일단 제가 혼자 가보지요."

"예? 그럴 수는 없습니다."

"위험합니다!"

두 마법사는 놀라서 외쳤다. 진정으로 가나크의 안위를 걱정하는 모습이었다. 완벽하게 영혼을 오염당해 자신의 생명보다 가나크의 안위를 더욱 걱정하는 것이 분명하다.

가나크는 미소를 지었다. 그리고 말했다.

"어떤 상황에서도 저는 무사할 자신이 있습니다. 그리고 만약 전면 전쟁이 벌어질 경우, 황제가 이 일에 대해 결단을 내릴 수도 있습니다. 일을 크게 만드는 것은 좋지 않습니다."

"으음, 그게 그렇게 되는군요."

나싱의 존재는 확실히 모르지만 그가 황실과 연관이 있다는 것은 그들도 알고 있다.

최후의 순간에 나싱이 현자의 탑의 모든 마법진을 무력화시킬 수 있는 이상 조심해야 했다.

"무엇보다 만에 하나 두 분 중에 희생자가 나온다면, 우리가 계획하고 있는 일들에 큰 차질이 생깁니다. 전쟁이 벌어지면 대륙의 마법사들도 등을 돌릴 것이고 말입니다."

"그 점은 미처 생각을 못했습니다."

마화의 진은 고개를 숙이며 무거운 목소리로 말했다.

현자의 탑에 모든 탑의 힘을 집중해서 일으키는 마법진의 재료는 그 안에 있는 마법사들의 마력이다. 대륙의 모든 마법사들을 모아야 효과가 제대로 난다.

정령의 숲에 들어가서 그 안에 숨은 시르카를 데려오는 것도 중요하지만, 그걸 위해 원래의 계획을 부순다면 말이 안 된다.

가나크는 결심했다는 듯 한쪽 주먹을 쥐고 다른 손의 손바닥을 탁, 쳤다.

"제가 가지요. 그녀도 그걸 기다리고 있을 겁니다."

밝은 목소리로 말하는 가나크의 목소리와는 달리 그의 눈동자는 투지에 불타고 있었다.

다음날, 가나크는 측근들 이외는 아무도 모르게 현자의 탑을 떠났다.

*   *   *

삼 일이 지났다.

알카 6세나 탐린 등은 라크가 나오지 않자 불안해했지만 그렇다고 해서 결계가 쳐진 방 안에 억지로 들어갈 수도 없었기에 애만 태우고 있었다.

그런 그들의 걱정에 부응이라도 하듯 라크는 여전히 얼음덩어리로 존재하고 있었다.

'뉴, 거기 있니?'

라크는 머릿속으로 뉴에게 말을 걸어보았다. 뉴가 그의 몸에 마나를 주입하고 있다면 머릿속으로 의사소통이 가능하기에 대답을 할 것이다.

그러나 대답은 없었다.

'나는 죽은 것인가?'

라크는 얼마 전부터 심각하게 고민하고 있었다.

생각은 할 수 있지만 그의 몸은 이미 모두 죽은 것처럼 느껴졌다. 손가락 하나도 전혀 움직일 수 없을 뿐만 아니라, 아예 그게 있다는 느낌도 없었다.

육체가 없이 영혼만이 남아 고민하고 있는 유령이 있다면 지금처럼 느끼지 않을까? 라크는 그런 생각을 했다. 그래서 자신이 살아 있다는 생각을 할 수가 없었다.

'뉴, 거기 있니?'

라크는 다시 뉴에게 말을 걸어보았다. 이번에도 역시 대답은 없었다. 슬슬 자신이 죽었다는 생각이 강해지기 시작했다.

'젠장, 유령이 되다니.'

일부러 소리를 높여 투덜대어 보았다. 그러나 조금도 속이 시원하지 않았다.

'역시 죽었나?'

라크는 두리번거리며 주변을 보려고 했다.

만약 죽어서 유령이 되었다면 자신의 육체가 보일 것이다.

그런데 이상하다! 고개를 두리번거릴 수가 없었다. 목 자체가 느껴지지 않았고, 보이는 것도 없었다.

그때서야 그는 깨달았다.

'난 지금 생각만 할 수 있는 상태로군. 그렇다면 죽은 것은 아닌가 본데?'

마법사의 지식으로 판단할 때, 유령이 되면 영혼은 자유롭게 움직일 수 있어야 한다. 보는 것도 냄새를 맡는 것도 가능하다.

실제로 그는 그림자로서 살아온 경험이 있다. 해가 지면 육체가 사라지고 허상만 남은 생활을 일 년이 넘게 했다.

마지막에는 육체가 완전히 사라져 유령이면서 유령이 아닌 상태가 되어 소멸이 되기 직전까지 가보았다.

그때와 비교해 보면 지금의 상태는 전혀 달랐다. 육체의 감각이 느껴지지 않고, 몸도 움직일 수 없다. 그렇다면?

라크는 자신이 마지막으로 기억하고 있는 사건을 생각해 내었다.

냉기를 발산하는 스프를 뒤집어썼다. 그리고 급히 전신의 신성력을 모아 머리를 보호했다. 냉기도 마나의 일종이기 때문에 신성력이라면 막아낼지도 모른다고 생각했다.

하지만 다른 곳은 틀림없이 얼어붙어 버렸을 것이다.

'그렇다면 난 지금 머리만 남고 나머지는 모두 얼어붙은 상태인가 보군.'

결론을 내렸다. 육체의 대부분은 죽은 거나 마찬가지일 것이다. 그리하여 감각이 죽은 육체로부터 떨어져 나간 것이다.

라크는 절망에 가까운 심정을 느꼈다. 머리가 아직 살아 있다 해도 육체가 그렇게 되었다면 곧 완전한 죽음을 맞이할 것이다.

'죽는 게 나을지도……. 이렇게 아무것도 할 수 없는 상황보다는 영혼이라도 돌아다닐 수 있으니까. 하하하.'

라크는 허탈함에 웃었다. 그런데 뭔가 이상했다. 곰곰이 생각해 보니 다시 이상한 점을 알 수 있었다.

'아니지. 피가 안 통하는데 머리가 살아 있다는 게 말이 되나?'

심장이 얼어붙어 피의 흐름이 정지되면 뇌도 곧 죽는다. 그건 당연한 일이다. 그런데 살아서 생각을 하고 있다니?

라크는 잠시 생각을 멈추고 감각을 예민하게 했다.

살아 있다는 것은 느낄 수 있다는 것을 의미한다. 그렇다면 생각을 하는 것 이외에도 무엇인가를 알 수 있을 것이다.

두근, 두근.

과연 라크는 자신의 머릿속으로 아주 약하게 흐르고 있는 피의 흐름을 찾아낼 수 있었다. 그리고 그 핏줄로부터 심장의 고동을 느낄 수 있었다.

'오호, 심장도 살아 있잖아!'

뭔가 대단히 기뻤다.

아주 가느다란 핏줄로부터 흐르는 피가 자신의 뇌를 살리고 있다는 것을 알았다. 라크는 필사적으로 피의 흐름을 확보하려 노력했다.

뇌를 보호하던 신성력이 조금씩 움직여 핏줄을 감쌌다. 그리고 그것을 타고 심장으로 내려갔다.

두근, 두근.

심장이 느껴진다! 확실하게 느껴진다!

라크는 너무나 기뻐 환성을 질렀다. 영혼이 지르는 환성이었지만 라크에게는 그것으로 충분했다. 그런데 그 순간 신성력이 강력한 마력에 부딪쳐 요동을 치기 시작했다.

'허억!'

고통인지 쾌락인지는 모르겠지만 격렬한 신호가 라크에게 전달되었다.

심장은 마나의 집결지, 서클이 결성되는 장소이다. 그곳으로 신성력을 보내려 하니 문제가 발생할 수밖에 없다.

라크는 급히 신성력의 속성을 빛으로 바꾸었다. 그리고 심장에 느껴지는 마나도 빛으로 속성을 바꾸었다. 빛의 마법을 구현시켰다.

사아아아아아아—

두 개의 성질이 서로 반발하다가 다시 섞였다. 그로써 찾아온 혼돈. 하지만 그것은 라크에게는 무엇보다도 소중한 혼돈

이었다.

빛은 냉기를 녹이며 서서히 확장하고 있었다. 얼어붙었던 라크의 핏줄을 조금씩 되살리며 전신으로 퍼져 나갔다.

라크는 모든 것을 확실하게 느낄 수 있었다. 평소에는 절대로 알 수 없었던 몸의 구조! 그것이 투명하게 느껴졌다.

그리고 그는 그 육체에 얽매인 영혼까지 느꼈다. 전혀 알지 못했던 느낌! 신기함에 라크는 자신의 영혼을 살짝 움직여 보았다.

"앗! 팔이 빠져나왔다!"

얼어붙어서 움직이지 않는 육체로부터 영체의 팔이 빠져나온 것이 느껴졌다. 아니, 보였다. 라크는 기겁해서 자신을 보았다. 어느새 영혼이 반쯤 육체를 빠져나와 있었다.

방금 전에 생각했던 대로 유령이 되면 자신의 육체를 볼 수 있는 것이다.

'이러면 죽는 건가?'

기가 막혔다. 막 다시 살아나려고 했는데 영혼이 육체를 이탈해 버리다니?

그런데 다시 자세히 육체를 살펴보니 육체는 죽지 않았다.

육체의 내부—신기하게도 그게 다 보였다—는 여전히 라크가 하려던 대로 빛의 마법의 힘을 이용하여 몸을 복구하고 있었다. 뉴가 목 주변을 감고 필사적으로 심장에 마나를 보내고 있는 것도 보였다.

"오잉? 라크인가요? 뉴."

뉴는 영체를 볼 수 있다. 그는 놀라서 허공에 떠 있는 라크에게 물었다. 그러자 끊겨 있던 뉴와의 심령적인 의사소통 경로가 다시 이어졌다. 육체를 통하지 않고도 이제는 가능해진 것이다.

"그게, 나도 잘 모르겠는데. 영혼이 육체를 빠져나와 버렸어. 죽지는 않은 것 같은데 말이야."

"와아, 신기하네요. 뉴."

라크의 영혼에서 지식을 복사한 뉴의 상식으로는 이런 일은 있을 수 없는 일이었다. 뉴는 대단히 놀란 얼굴이었다.

"한번 날아봐요. 뉴."

영체가 되었으니 허공을 자유롭게 떠다닐 수 있을 것이다. 그림자였을 때와는 또 다르다. 뉴의 요청에 라크는 풋, 하고 웃으며 고개를 끄덕였다.

"그럼 완전히 빠져나와야겠군."

라크는 몸을 일으켰다.

앉아 있는 육체는 그대로인데 영혼이 일어섰다. 그런데 라크의 한쪽 손이 육체에 끼어 움직이지 않았다. 그 바람에 라크의 영혼은 한쪽으로 기울어 버린 채 둥둥 떴다.

"어? 이게 왜 이러지?"

당황해서 끼어 있는 손을 보니 손가락에 끼고 있는 반지로부터 영체가 벗어나지 못하고 있었다. 그 부분만 육체에 딱 달라붙어 있는 모양이다.

"으음, 티모라가 남겼다는 반지가 이런 효능이 있었다니……."

라크는 조용히 그 반지를 살펴보았다.

정령의 숲에서 최초의 숲의 마법사인 카샤가 빛의 마법사에게 전해준 티모라의 반지이다. 그녀의 연구실로 가는 열쇠라고도 했다.

뉴도 같이 반지를 살폈다. 그러다가 뉴는 재미있다는 듯 라크에게 말했다.

"여기에는 서리가 안 끼어 있네요. 뉴."

"그러게 말이야. 주변의 온도와 변화에 전혀 반응을 안 하는 걸까?"

라크는 반지의 재질을 살펴보았다.

그동안 시간이 날 때마다 연구를 해보았지만 아무런 이상도 찾을 수 없었던 반지. 미약한 마력만을 발산할 뿐 그 어떤 작용도 하지 않았던 티모라의 반지가 영혼을 구속하는 힘이 있다니?

바로 그때, 라크의 눈에 지금까지 발견하지 못했던 것이 보였다. 영체가 되어 몸속까지 자유롭게 살피게 되었기 때문일까?

그것은 반지의 내부였는데, 비어 있는 것도 아니고 꽉 차 있는 것도 아니었다. 무엇인가 알 수 없는 것이 그 안을 구성하고 있었다.

"내부가 보이는군."

"보여요? 전 안 보이는데요. 뉴."

"음, 이건 그냥 단순한 금속으로 된 물질이 아니야. 이 안의 내부가 보인다는 것은 내 몸의 일부라는 소리가 된다고."

"반지가 라크의 일부라고요?"

"응. 언제부터인지는 몰라도 이 반지는 내 육체의 일부가 된 거야. 그런데 이 부분은 영혼이 없지. 그래서 내 영혼을 붙잡고 있는 것 같아."

"마수들 중에는 다른 생명체의 몸을 흡수하여 자신의 일부로 하는 경우가 있잖아요. 그것과 같은 건가요? 뉴."

"윽, 그런 끔찍한 소리는 하지 말자. 이 반지가 마수란 소리가 되잖아. 하하하."

웃을 일은 아니지만 웃지 않고는 참을 수 없었다.

만약 영혼이 땀을 흘릴 수 있다면 라크는 등과 뺨에 식은땀을 흘렸을 것이다.

라크는 신중하게 반지를 살폈다. 육체의 핏줄과 신경 하나하나를 모두 살필 수 있게 된 지금, 육체의 일부가 된 반지의 내면을 보는 것은 그다지 어려운 일이 아니었다.

"이것참, 대단한데!"

한참을 살펴본 라크는 자신도 모르게 탄성을 질렀다.

"왜요? 뉴."

"이 반지의 내부에는 여러 개의 방이 있어. 그리고 방에는 가구도 있고 말이야."

"네? 그럼 이게 집이라는 얘기에요? 뉴."

"그런 것 같아."

"그런데 무슨 집이 이렇게 작아요? 장난감이나 모형인가요? 뉴."

"그건 아닐 거야. 대마녀가 남긴 반지니까 말이야. 가만!"

말을 하던 도중에 라크의 머릿속에 섬광처럼 스치는 생각! 그것은 바로 이 반지가 대마녀 티모라의 연구실로 가는 길을 알려주는 반지라는 것이었다.

"맙소사! 혹시 이게 티모라의 연구실?"

"에엑? 뉴."

뉴도 라크의 말에 무엇인가를 깨달은 듯 놀란 표정을 지었다. 라크의 생각대로라면 이 반지는 연구실로 가는 열쇠가 아니라 연구실, 그 자체인 셈이다.

"아무리 그래도 이건 불가능한데, 반지 안으로 들어가려면 개미보다 더 작아져야 하는데 그게 가능한가?"

라크는 심각하게 고민했다.

육체를 다시 찾은 뒤 정령의 숲에서 공부한 마법의 기초 이론. 그것은 분명 라크의 생각이 이루어질 수 없는 것이라고 주장하고 있었다.

아공간을 생성하면 작은 공간에 많은 물건을 넣는 것이 가능하긴 하다. 그러나 아공간에는 살아 있는 생명체는 들어가지 못한다.

그리고 이 반지의 경우는 아공간을 만든 것이 아니라 아예 반지 속에 작은 연구실을 만들어놓았을 뿐이다.

사람이 이렇게 작아질 수는 없다. 보통 본래 크기의 두 배까지는 크고 작아질 수 있고, 특별히 연구를 하면 네 배까지도 가능하다.

이번에 만나 같이 다니게 된 파라타의 말에 의하면, 드래곤에게는 100분의 1로 줄이는 마법이 있다고 한다.

폴리모프의 변형인데, 그런 드래곤도 개미나 벼룩으로는 변하기 어렵다고 했다. 변한다고 해도 본모습을 유지한 채 변하는 것은 절대 무리라는 것이 그의 설명이었다.

하지만 상대는 대마녀 티모라, 아크 메이지의 칭호를 가지고 드래곤에게조차 존경받았다는 존재이다. 상식 따위는 그녀에게는 아무런 의미도 없는 것일지도 모른다.

"정말 벼룩보다 작아질 수 있는 것일까?"

라크는 자신도 모르게 중얼거리면서 다시 반지 안을 살폈다. 워낙 작아서 처음에는 대충 구조만 보이던 것이, 계속해서 정신을 집중하니 어느덧 내부에 있는 가구의 모양과 벽의 문양까지도 보이게 되었다.

그러다가 라크는 연구실 입구에 걸려 있는 현판을 보게 되었다. 그곳에는 이렇게 쓰여 있었다.

이걸 보는 사람은 마나와 신성력의 융합을 이루어 세상의 근원이 되는 물질 [에텔]을 생성한 자일 것이다. 그것이 가능한 존재는 바로 드래곤도 엘프도 아닌 인간, 그중에서도 빛의 마법사뿐이다.

"아!"

정확한 안배다. 과연 빛의 마법사에게 전해져서 연구실을 찾게 하는 반지구나. 라크는 티모라의 능력에 전율을 느꼈다. 그는 정신없이 현판의 글을 계속 읽어 내려갔다.

반지는 소유자의 몸에서 에텔을 느끼면 육체와 동화되도록 되어 있다. 그러나 이것만으로는 부족하다. 내가 생각한 빛의 마법사는 인간, 아니, 물질계의 필멸자의 한계를 넘어서서 천족이나 마족과도 같은 고위 영격체가 된 존재를 의미하기 때문이다.

신들의 섭리인지는 모르겠지만 물질계의 존재는 스스로의 한계를 극복하여 더 높은 단계로 진화를 할 수 있는 잠재력이 있는데, 그럴 경우 필멸자의 영혼은 불멸자의 영역에 도달할 수 있다.

"으으, 티모라는 신이 되려 했단 말인가? 신을 만들려 했다는 말인가?"

믿기 어려운 내용이다. 하지만 어떻게 생각하면 이런 경지에 도달했기에 물질계의 주관자인 드래곤들이 그녀를 존경하게 되었을지도 모른다.

그것을 위한 가장 처음 단계는 바로 영혼이 자유롭게 육체를 벗어날 수 있게 되는 것이다. 그리고 일단 영혼이 육체를 벗어날 수 있게 되면 그 존재는 자신의 육체 내부를 살펴볼 수 있게 된다.

이 반지는 그런 수준에 오른 자들에게 작용한다. 그럼으로 인해 소유자는 이 글을 발견할 수 있게 되는 것이다.

인연자에게 말한다.

나는 오랜 연구 끝에 빛의 마법에 대한 이론을 세우기는 했지만, 그것은 타고난 재능이 없으면 익힐 수 없는 마법의 경지이다. 극소수의 인간만이 몸속에 신성력과 마력의 재능을 동시에 가지고 태어나는데, 나는 그렇지 못했다. 하프 엘프의 몸이었기에 신성력의 재능은 존재하지 않았다. 마법진과 스크롤을 통해 신성 마법을 쓸 수는 있지만, 그것은 나의 힘이 아니었다. 나에게 허락된 힘은 마력과 정령력뿐이었다.

나는 더 높은 경지에 오르지 못한다. 물론 지금의 나에게는 가장 확실한 절대 신성의 연구 대상인 남편 레오가 있으니 나중에는 어떻게든 다른 방법을 찾을지도 모르겠다. 그러나 적어도 지금까지는 그렇다. 아쉽지만 내가 얻은 빛의 마법사는 아직 이론으로만 존재할 뿐이다.

그대를 축원한다!

상위의 영격체로 진화하기 시작한 자여, 이제 내가 그대에게 보내는 선물을 받아라. 연구실이다. 내가 생각했던 빛의 실전 상위 마법에 대한 것들이 모두 이 안에 있다. 다른 마법들도 상당수 있으니 참고하기 바란다.

그러나 꼭 주의할 것은 내 마법은 상상과 이론으로만 만들어진 것이라는 점이다. 빛의 마법은 모두 그대가 만들어야 한다.

인간에게 새로운 진화의 길을 열어라. 그것이 그대의 사명이다.

인간도 엘프도 아닌, 오직 마법사일 뿐인 티모라가 남긴다.

현판의 글은 그렇게 끝나 있었다. 그리고 그 아래쪽에는 주문이 적혀 있었는데, 마법진의 발동 주문 같은 것이었다. 라크는 조심스럽게 주문을 읽었다.

"다 로스 파로카 드 무!"

파앗!

"앗, 라크! 뉴."

라크의 영혼에서 빛이 나더니 점점 작아지기 시작했다. 그리고 그 영혼은 그대로 반지 속으로 빨려 들어갔다.

육체는 한계가 있지만 영혼은 한계가 없다. 티모라의 반지는 영혼만이 들어갈 수 있는 공간이었던 것이다!

라크는 안에 들어가서야 그 사실을 알았다.

그가 들어간 곳은 연구실의 가장 안쪽 방이었는데 사방의 벽에는 문자가 빽빽하게 꽂혀 있었고, 그중 일부는 바로 이곳의 생성 원리와 사용법이었다.

영혼은 아무것도 만질 수 없지만 볼 수는 있다. 그렇기에 티모라는 마법서를 벽에 새겨 넣은 것 같았다.

"대단하군!"

이렇게까지 만들 수 있다니? 그야말로 마법의 신기원이나 다름없는 기적의 창출이다.

라크는 이 반지에서 기존의 모든 마법 수준을 뛰어넘는 신의 영역을 엿볼 수 있었다. 바로 고위 천족이나 드래곤 로드 정도만이 얻을 수 있다는 10서클의 힘이다.

그리고 안에 적혀 있는 빛의 마법을 비롯한 모든 마법은 기존의 방식보다 훨씬 뛰어난 것들이었다.

수백 년 전에 만들어진 주문이지만 현자의 탑에서 그동안 개발한 마법들보다 오히려 마나 효율과 파괴력이 뛰어났다.

라크는 정신없이 그것을 보았다. 눈을 돌릴 수가 없었다. 그냥 모든 주문을 암기할 때까지 이곳에 있고 싶었다.

그러나 어느 순간 라크는 뉴의 목소리를 들었다.

"라크! 정신 차려요! 육체가 죽어가잖아요! 뉴."

"어? 아! 그렇지. 난 지금 영체 상태지."

라크는 얼른 반지 밖으로 나왔다. 의식을 하지 않았더니 기껏 일으킨 빛의 마법의 힘은 점점 약해지더니, 다시 핏줄이 얼어붙기 시작하고 있었다.

"죽을 뻔했군."

라크는 혀를 차며 급히 육체를 조정하기 시작했다.

몸속에 빛을 만들어 냉기를 흡수했다. 아직 힘은 약하기 때문에 단번에 모든 마나를 흡수할 수는 없었지만 계속해서 빛은 강해져 갔다.

그때서야 라크는 안도의 한숨을 내쉴 수 있었다.

"에고, 반지 속으로 들어가면 육체가 무방비 상태가 되는 건가? 이건 조심해야겠군."

반지 속의 연구실은 별장과도 같다. 라크는 자신의 본가나 다름없는 육체가 무엇보다 소중하다는 것을 마음속에 되새겼다.

Chapter 4

정령의 숲

정령의 숲

가나크는 슈앙 밀림의 초입에 서서 눈앞에 즐비하게 늘어서 있는 나무들을 보았다.

다른 지역의 산과 들의 나무들과는 차원이 다른 거목들이 수도 없이 많았다. 가히 나무의 바다라고 할 만했다.

"나를 거부하고 있는 건가?"

가나크는 문득 그런 느낌을 받았다.

나무가 자신이 들어오는 것을 싫어하는 것 같았다. 살기와 같은 노골적인 기운은 아니지만 캄캄한 새벽녘에 옆을 지나가는 이방인을 경계하는 느낌이랄까?

선불리 움직이는 순간 소리를 지를 것 같은 팽팽함이 있었다.

가나크는 하늘을 올려다보았다. 구름이 짙게 끼어 조금씩 흐르고 있었다. 비가 올 것 같았다.

"분위기가 별론데?"

그는 농담조로 말하고는 씨익, 웃었다.

이 밀림 안쪽으로 들어가면 안 좋은 일이 일어난다. 아무도 모르게 단신으로 이곳까지 온 이상 죽을 위기에 빠져도 구해 줄 사람은 없다. 하지만 상관은 없다.

어차피 나는 혼자가 아닌가? 그림자에서 사람이 되었기에 부모도, 형제도, 친구도 없는 셈이다.

그럼 들어가 볼까? 가나크는 그렇게 생각하고는 서서히 주문을 외웠다.

사사사사사사.

빛이 모였다.

그리고 그 빛들은 수백 개로 나뉘어 작은 덩어리를 형성했다. 우우웅― 하는 소리와 함께 그것들이 움직이기 시작했다.

반투명하게 빛나는 것들, 그것은 빛으로 이루어진 벌 떼였다. 샤이닝 비(Shining Bee). 강력한 탐지 능력과 함께 공격 능력을 지녔다. 한 마리, 한 마리가 스스로의 몸을 희생해서 치명적인 소멸 주문을 발동시킨다.

"가라."

위이이이이잉—

가나크는 짧게 명령을 내리자 벌들은 날갯짓 소리를 내며 사방으로 퍼졌다.

샤이닝 비는 가나크의 머릿속 의식과 연결되어 있기에 일일이 지시를 할 필요가 없었다. 그들은 가나크의 주변에서 그를 호위하며 접근하는 모든 것을 소멸시킬 것이다.

가나크는 다시 주문을 외웠다.

과거 마그나타가 사용했던 영혼의 방어막이 형성되고, 머리 위에는 벼락을 막기 위한 강철의 피라미드가 떠올랐다.

그 다음에 가나크가 준비한 것은 작은 나무 줄기였다. 그는 그것을 땅에 심었다. 그러자 나무 덩굴이 급속도로 자라 가나크의 주변에 퍼졌다.

"숲의 마법사만 식물을 사용하는 것은 아니지."

가나크는 그렇게 중얼거렸다.

식물에도 영혼은 있다. 영혼의 마법으로 만들어낸 식인 덩굴. 그들은 수많은 생물들의 움직임을 아주 쉽게 막아낸다. 그리고 무엇보다 그들의 뿌리는 땅속으로부터의 공격을 방어하는 데 가장 효과적이다. 이 덩굴은 가나크를 항상 둘러싸고 움직인다.

가나크는 마지막으로 두 대의 실드 가디언을 앞에 세웠다.

청동 골렘과도 비견되는 실드 가디언은 공격력보다는 방어력이 극도로 강화되어 마스터 급의 검사들조차 이것을 파괴하는 데는 오랜 시간이 걸릴 정도이다.

그것이 두 대이다. 원래 가나크의 것이 아니고 다른 고위 마법사들이 만들어놓은 것을 빌려왔다.

이 정도면 어떤 공격을 받아도 가나크는 여유있게 반격의 주문을 시전할 수 있을 것이다.

"이곳까지 온 이상 숨어 들어갈 필요는 없겠지. 그래도 애인을 만나러 가는 건데 말이야."

만반의 준비를 갖춘 가나크는 크게 심호흡을 한 번 하고는 천천히 걸음을 옮겼다.

소환물들을 유지하며 이동해야 했기에 적지 않은 마나가 소모되었지만 지금의 가나크에게는 별로 어려운 일이 아니었다. 심지어는 자면서도 모든 소환물들을 유지할 수 있었다.

밀림의 한가운데에 있는 정령의 숲 지역까지는 아직 며칠을 더 가야 한다. 그러나 가나크는 밀림 전체와 싸울 각오를 했다.

가나크의 감각은 사방이 적이라고 계속해서 속삭이고 있었고, 그는 그걸 믿었다.

*　　　*　　　*

"밀림에 가나크가 침입했다고요?"

시르카는 원주민 전사의 보고에 올 것이 왔다는 표정을 지었다.

아무리 철저한 준비를 했다고는 해도 가나크를 상대할 수 있을지는 알 수가 없다. 그리고 이기든 지든 간에 피해는 확실히 클 것이다. 숲과 동료들의 희생은 피할 수 없다.

그녀는 잠시 눈을 감고 호흡을 가다듬었다.

중요한 것은 냉정을 유지해야 한다는 것이다. 전쟁은 언제나 참혹하고 동료들의 희생이 있을 수도 있지만, 그것에 흔들려서는 피해만 더 커질 뿐이다.

주변에 있는 샤먼들도 그것을 알기에 조용히 마음을 안정시키고 시르카가 말을 하기를 기다렸다.

"일단은 전과 같이 정령들로 공격을 합니다. 그러면서 그를 끌어들이는 것으로 하지요."

정령들만으로는 해결할 수 없는 상대라는 것은 말할 필요도 없다. 그래도 전초전으로 정령을 이용해서 가나크의 힘을 가늠할 수는 있을 것이다.

승부는 가나크를 정령의 숲의 한가운데, 즉 지금 시르카를 비롯해 샤먼들이 있는 곳으로 끌어들인 다음에 결정날 것이다.

시르카는 절대로 빠져나갈 수 없는 함정을 팠지만 그것은 그녀의 생각일 뿐이고, 가나크에게도 절대인지는 알 수 없다. 적어도 이 점은 헷갈리지 않는 시르카였다.

"그럼 시작해요."

시르카는 자리에서 일어나 밖으로 나갔다.

공터에는 커다란 마법진이 그려져 있고, 그 마법진은 주변의 나무뿌리들과 어우러져 숲 전체에 영향력을 발휘할 수 있도록 되어 있다.

마법진 안에서 소환한 정령들은 정령의 숲 어느 곳에서든 소환자와 의식을 소통할 수 있는 것이다.

시르카에 이어 20여 명의 샤먼들이 마법진 안으로 들어왔다. 평소에는 교대로 10여 명씩 일을 하지만 이제 표적이 들어왔으니 온 힘을 다해 부딪칠 필요가 있었다.

"한번에 끝내자고요."

아직 어린 샤먼인 링리네가 밝은 목소리로 말했다.

그녀는 아직 목숨을 걸고 싸운 경험이 없기에 이렇게 밝은 것일까? 시르카는 미소를 지으며 그녀의 머리를 쓰다듬었다.

"그래, 하지만 이번에는 상대가 만만치 않으니 각오를 단단히 하렴."

"염려 마세요!"

나름대로 각오는 되어 있는 모양이다.

시르카는 곧 마법진의 중앙에 서서 모든 샤먼들이 올바른 위치에 서 있는 것을 확인하고는 마법진을 가동시켰다.

그러자 다른 샤먼들도 정신을 집중하여 제각기 자신들이 소환할 수 있는 최대한의 정령들을 불러냈다.

투투툭.

이슬로부터 나타난 물의 상급 정령은 나무의 수액을 타고 움직였다. 돌과 진흙이 뭉쳐진 형태의 땅의 정령들은 다시 땅속으로 들어가 조용히 움직였다.

휘리리링.

바람과 불의 정령들은 서로 힘을 합쳐 불의 소용돌이를 만든 채 하늘로 날아올랐다.

그리고 시르카와 가장 강력한 두 명의 샤먼이 힘을 합쳐 불러낸 바람의 최상급 정령 발키리는 오만한 눈으로 적이 오고 있는 방향을 노려보다가는 획, 사라져 버렸다.

하늘 끝으로 올라가 뇌전의 창을 던질 모양이다.

마법진 주위로 이들을 호위하고 있는 원주민 전사들은 이 대량의 정령들을 묵묵히 지켜보며 생각했다. 적이 얼마나 강하기에 이 정도의 정령들이 모이는 것일까.

긴장의 시간은 계속되었다.

정령들이 나아간 방향은 동쪽, 숲에 들어온 이상 드라이어드의 눈길을 피할 수 없으니 정령들이 표적을 놓칠 걱정은 없다.

콰콰콰콰쾅!

하늘에서 거센 소음과 함께 벼락이 내리쳤다. 발키리가 가장 먼저 가나크를 발견한 모양이었다.

샤먼들은 얼굴에서 식은땀을 흘리며 정령과의 교감을 더욱 강화시켰다. 그녀들은 정령들의 눈을 통해 가나크를 보고 있었다.

벼락을 정통으로 맞고도 멀쩡한 자, 벼락은 그의 머리 위에 떠 있는 작은 피라미드에 의해 방향을 바꾸었다.

"대비를 했단 말인가? 하지만!"

성격이 급하기로 이름난 샤먼 틸타가 손을 급히 저었다. 그녀가 소환한 땅과 불의 정령이 동시에 가나크를 공격했다.

땅속에서 갑자기 날카로운 바위가 튀어나와 발바닥을 찔렀다. 동시에 바람을 탄 불덩어리가 허공중에 확— 하고 퍼져 그물처럼 가나크를 덮쳤다.

가나크는 즉시 몸을 옆으로 날렸다.

땅의 정령이 식인 덩굴에 방해를 받아 늦어졌기에 바위는 가나크가 자리를 피한 후에야 땅 밖으로 솟아오를 수 있었다.

그리고 하늘로부터 내려오는 불의 그물은 가나크의 주변을 돌고 있는 영혼 중 하나가 정면으로 몸을 부딪쳐 뒤집어썼다.

"까아아아아!"

비명을 지르는 영혼. 그러나 그 영혼은 소멸되지 않았다. 오히려 화염을 흡수하여 타오르기 시작했다.

플레임 소울, 가나크에 의해 탄생된 일그러진 불의 정령이라 할 수 있었다.

기운을 빼앗긴 불의 상급 정령은 허무한 표정을 지으며 정령계로 되돌아가 버렸다. 당했다! 라는 느낌이었다.

"어떻게 이럴 수가?!"

틸타가 정신적 충격으로 인해 몸을 비틀거리며 중얼거렸다. 불의 상급 정령을 소환한 힘이 갑자기 흡수당해 극심한 허탈감을 느끼는 그녀였다.

그러자 옆에 있던 링리네가 얼른 그녀의 몸을 부축하며 귀에 속삭였다.

"괜찮아요. 제가 도울게요."

가장 어린 나이에 샤먼이 되었다는 것은 그만큼 자질이 뛰어나다는 소리다. 사실 링리네는 슈앙 밀림에서 대샤먼과 시르카를 제외하면 가장 정령력이 강하다는 평가를 받고 있었다.

시리리링.

허공중에서 갑자기 파도가 생겨날 수 있을까? 그리고 그 파도가 사방에서 동시에 몰아치는 것은 과연 가능할까?

링리네는 가나크를 상대로 그것을 실현시켰다. 강력한 압력을 내포한 파도가 가나크를 핍박했다.

그러나 그것은 어디까지나 눈속임에 불과했다.

진짜는 바람!

링리네는 자신이 소환한 바람의 상급 정령에게 부탁해 거대한 진공의 창을 만들어내었다.

슈욱―

파파파팍!

가나크는 이를 악물고 파도를 몸으로 받아냈다.

이걸로는 죽지도, 상처 입지도 않는다는 것을 잘 알고 있었기에 뒤에 오는 진짜 공격에 대비했다. 그래서 그는 볼 수 있었다.

진공의 창!

가나크는 즉시 샤이닝 비 중 한 마리에게 명해 그걸 분쇄했다. 그와 동시에 바람의 상급 정령이 비명을 지르며 소멸했다.

그렇게 정령들의 공격이 계속되는 동안에도 가나크는 쉬지 않고 앞으로 나아갔다.

상급 정령을 십여 마리나 소멸시켰지만 정령들의 힘은 전혀 약해지지 않았다. 아무래도 피해를 입은 자들이 계속해서 기운을 회복하여 다시 정령을 소환하는 모양이었다.

가나크는 차갑게 웃었다.

"마법진인가? 정령력의 회복을 빠르게 할 수 있나 보군."

그의 예측은 정확한 것이었다.

가나크는 치열한 전투 속에서도 빠르게 머리를 굴렸다. 결론은 마법진을 파괴하지 않으면 끝이 없다는 것이다.

"흥, 이런 파상 공격 따위로는 나를 해할 수 없다."

가나크는 크게 소리치며 앞으로 달려나갔다. 경계하며 천천히 나아갈 상황이 아닌 것이다. 적의 모습은 보이지도 않고, 정령들과 놀고 있는 셈이다.

얼마 후, 가나크의 머리 위에 떠 있는 마법의 피라미드가 파괴되어 버렸다. 벼락을 막아주는 마법 물품임을 안 샤먼들이 정령들에게 부탁하여 그것을 집중 공격했기에 결국 버티지 못한 것이다.

콰콰콰쾅!

그때를 기다렸다는 듯이 하늘에서 벼락의 창이 날아와 가나크를 정통으로 때렸다.

방어 장치가 없어진 지금 강력한 전격의 힘을 막아내는 것은 인간의 힘으로는 무리였다.

가나크는 즉시 마족의 그림자를 일으켰다. 그러자 그림자의 날개가 허공으로 떠올라 우산처럼 가나크의 머리 위를 감쌌다.

사방 수십 미터에 방전하는 전격의 힘에 다른 정령들이 놀라 물러섰다. 그러나 가나크는 머리카락 한 올 그을리지 않았다.

그림자는 그의 가장 강력한 힘! 그것은 인간의 한계를 넘어서는 마족의 힘이다.

이제 영혼의 방어막과 샤이닝 비는 가나크를 보호하지 않았다. 오히려 가나크의 보호를 받으려는 듯 그림자의 날개 아래로 모여 들었다.

정령들은 몸을 부르르 떨며 장거리 공격을 할 뿐 섣불리 접근하려 하지 않았다.

그사이 가나크는 전력으로 달렸다.

날개가 펄럭거리기 시작하자 그의 몸은 거의 반쯤 나는 상태가 되어 더욱 빨라졌다.

"정령들이 두려워해요. 그들만으로는 막을 수 없어요."

링리네가 놀란 표정으로 시르카에게 말했다. 이제야 그녀는 가나크의 힘을 실감하는 듯했다.

시르카는 괜찮다는 듯 손으로 링리네의 머리를 쓰다듬었다.

"정령의 숲 밖에서 그자의 진면목을 드러내게 한 것만으로도 충분해. 어차피 정령의 숲에 들어와야 제대로 싸워볼 수 있잖아."

"맞아요! 그자가 일단 안으로 들어오면 다시는 나가지 못할 거예요."

링리네는 투지가 일어나는 듯 작은 두 주먹을 꾸욱 쥐며 속삭였다.

시르카도 고개를 끄덕여 그녀의 말에 동의했다. 그리고는 다시 정신을 집중하여 발키리에게 가나크의 뒤를 막도록 부탁했다.

그렇게 준비를 하는 사이, 가나크는 결국 정령의 숲 안으로 들어섰다.

정령의 숲이라고 해도 슈앙 밀림 지대의 한 구역에 불과할 뿐이다. 구역이란 사람이 정해놓은 것이지 자연이 정한 게 아니기에 선을 그은 것처럼 환경이 변할 리는 없다.

나무는 여전히 거대해 하늘이 잘 보이지 않을 정도였고, 땅은 굵은 뿌리들로 얽혀져 있었다. 지역의 경계선이 되는 산줄기나 강 같은 것은 있지도 않았다.

보통 사람이라면 이곳이 정령의 숲이라는 구역인을 전혀 몰랐을 것이다.

그러나 가나크는 들어서는 순간 느낄 수 있었다.

전신을 조여오는 섬뜩한 기운! 숲의 나무 모두가 가나크를 노려보고 있는 듯한 기분이 들었다. 숲은 완전히 깨어나 이방인인 그를 주시하고 있었다.

"대단하군."

가나크는 솔직하게 감탄했다.

어느새 정령들의 공격도 멎었다. 하늘에 떠 있는 발키리의 존재감이 사라지지 않은 것으로 보아 아직 전투가 끝났다고는 할 수 없지만, 일단은 거짓말처럼 모든 정령들이 시야에서 사라져 버렸다.

휴전인가? 아니면 다음 공격을 위한 준비인가?

가나크는 잠시 생각을 하다가 곧 그림자의 날개를 팍! 하고 펼치며 말했다.

"가자."

그러자 그의 주변에 뭉쳐 있던 샤이닝 비와 영혼의 방어막들이 원래대로 넓게 퍼졌다. 실드 가디언들도 조금 더 앞으로 나아가 그림자의 영향력 밖으로 벗어났다.

쿵쿵쿵!

실드 가디언들은 땅에 깊은 발자국을 남기며 앞으로 걸어 갔다. 새 울음소리조차 들리지 않는 완벽한 정적이 그것으로 인해 깨어졌다.

공격해 볼 테면 해봐라. 가나크는 그런 표정을 지으며 당당하게 실드 가디언의 뒤를 따라 정령의 숲 중앙을 향해 나아갔다.

*　　　*　　　*

"라크는 아직 나오지 않으신 건가?"

알카 6세는 교황으로서의 정무가 끝나자마자 와서 물었다. 탐린은 걱정스러운 얼굴로 고개를 저었다.

라크가 밀실로 들어간 지 이미 일주일이 지났다.

"죽은 거 아닐까?"

"파라타님!"

파라타의 망발에 탐린이 참지 못하고 획하니 몸을 돌려 그를 노려보았다.

파라타는 킁, 하고 코웃음을 치고는 고개를 살짝 돌려 탐린의 시선을 피했다.

알카 6세는 재수없는 늙은이라고 속으로 그를 욕했다. 그러나 겉으로까지 대놓고 욕할 수는 없기에 그를 무시하고는 다시 탐린에게 물었다.

"탐린 얏께서는 라크가 대충 언제쯤 나올지 전혀 예상이 안 가십니까?"

"저는 알 수 없어요. 사실 스프에 든 냉기를 흡수하는 게 얼마나 힘든 일인지는 저도 잘 모르거든요."

인간의 한계에 대해 알 리가 없는 탐린이기에 전혀 예측을 할 수가 없다. 오히려 뒤에 서 있는 파라타가 말했다.

"원래대로라면 당연히 죽는 건데, 그놈이 상식적인 인간에서 조금 많이 벗어난 놈이라서 잘 모르는 거다."

"하기야 라크 경이 조금 비인간적이긴 하지."

"여보, 그 단어는 뭔가 맞지 않아요."

제임스와 밀리아가 끼어들었다.

그들은 보통 인접 도시의 도둑 길드에 나가 있었는데, 이번에 가나크의 행적에 대한 보고가 들어와 라크를 찾아왔다가 이곳에서 같이 기다리는 신세가 되었다.

"뭐, 걱정 마라. 죽을 정도가 되면 목에 감고 다니는 뉴란 녀석이 어떻게든 할 거다."

"맞아요! 뉴라면 그냥 스프를 마실 수도 있어요."

"그렇다면 최악의 상황은 벌어지지 않는다는 거군요."

"아마도요."

뭐 하나 확실한 것은 없고 모두 예측뿐이라 걱정이 되는 것이다. 그래도 그들은 계속해서 라크의 이야기를 했다.

라크가 절대로 들어와서는 안 된다고 못을 박지 않았다면 이미 밀실 안으로 들어가고도 남았을 것이다.

"그런데 지금 정령의 숲은 괜찮을까요?"

밀리아의 말에 사람들의 얼굴이 조금 더 심각해졌다.

"일단 다른 고위 마법사들은 수도에 남아 있는 것이 확인되었으니 어떻게든 될 겁니다."

"그놈이 정말 마족과 계약을 한 건가? 그렇다면 내 눈앞에 나타나지 않는 게 좋을 것이다."

"라크님의 말에 의하면 확실히 마족의 힘을 쓴다고 했어요. 정 의심 나면 파라타님도 함께 가시죠?"

"그럴까?"

마족을 보게 된다는 말에 파라타는 크게 관심이 쏠리는 듯했다. 그러나 알카 6세가 안색이 변해서 얼른 말렸다.

"아닙니다. 이 일은 역시 저희들의 힘만으로 해결하는 게 좋겠습니다. 파라타님께서는 저희들만으로는 역부족이라고 판단되실 때에 도와주십시오."

"크흠, 그것도 나쁘진 않지. 구경만 하면 되겠구먼."

"함께 가지 않으셔도 됩니다. 눈앞에 마족이 보이면 불쾌감을 참기 어려우실 겁니다."

"흐흐흐, 우리 일족의 성격에 대해 잘 알고 있구먼."

"과거의 기록에 남아 있으니까요."

알카 6세는 한숨 섞인 말투로 그렇게 대답했다.

교황인 그는 파라타의 정체를 알고 있었다. 지하 대신전 안에 들어온 이상 정체를 완벽하게 숨길 수는 없다.

파라타도 알카 6세에게까지 정체를 숨길 생각은 없었기에 둘은 서로 알면서도 모른 척하고 있었다.

지하 대신전은 대륙에서 가장 오래된 기록 저장소이기도 하다. 그곳에 있는 기록 중에 마족에 대한 드래곤의 행동과 그 결과에 대한 것이 남아 있었는데, 그게 인간에게는 별로 좋은 것이 아니었기에 알카 6세는 정말 진지하게 파라타를 말렸다.

드래곤은 싸움을 할 때 주변에 피해가 가는 것을 별로 신경 쓰지 않는다.

과거 마족을 빙의시킨 자와 드래곤이 싸우는 바람에 고대 제국이 멸망했다는 기록이 알카 6세의 등에 식은땀을 흐르게 했다. 그곳에는 붉은 글씨로 덧붙여져 있었다.

마족이나 마왕이 나타나도 절대 드래곤에게 도움을 요청 하지 말라고!

궁금한 것은 밀리아나 제임스 등이다.

"아니, 왜요? 파라타님도 함께 가면 좋잖아요?"

제임스가 가볍게 말하자 알카 6세는 최대한 거역하기 힘든 근엄한 표정을 지으며 제임스에게 입 닥치라는 손짓을 했다.

잘못했다가 파라타가 제임스와 계약해서 마족과 싸우겠다 고 하면 곤란하다.

드래곤은 원래 물질계의 주관자이지만 방관자이기도 해서 따로 부탁을 하지 않는 이상 스스로 나서는 일은 없다.

만약 나섰다고 해도 전투 중 주변에 피해가 가면 그걸 모두 책임져야 하는 문제가 있는데, 계약을 하면 계약자에게 책임 이 넘어가니 그들의 행동에 거침이 없게 된다.

요약하면, 계약을 하는 순간 드래곤은 날뛰고 인간 사회는

뭉개지고 계약자는 파멸하게 된다는 의미다.

달칵.

떠드는 와중에 밀실의 문이 열렸다. 그리고 라크가 나왔다.

"라크님!"

탐린이 기쁜 얼굴로 라크의 이름을 불렀다. 라크는 그녀에게 밝은 미소를 지으며 '스프 고마웠습니다'라고 말했다.

"다 흡수한 거냐?"

"그런 것 같습니다. 파라타님 덕분에 제 마법이 한 단계 더 상승했군요."

"크흠, 그걸 흡수할 수 있다니. 상당한데?"

"죽을 뻔하다가 뉴의 도움으로 간신히 살았습니다."

"크흐흐, 역시 그랬군. 그나마 살았으니 다행이다."

파라타는 그것 보라는 얼굴로 주변을 둘러보며 말했다.

라크 정도 되는 마법사가 자신의 비늘 한 개에 담겨 있는 마력을 흡수하는 데 목숨을 걸어야 한다는 것에 어느 정도 만족한 듯했다.

어쨌거나 그의 호의로 라크가 발전한 것만큼은 틀림없다. 라크는 겸허하게 감사하는 마음으로 다시 파라타에게 인사를 했다.

그런데 그때, 밀리아가 급한 목소리로 말했다. 라크가 무사히 나온 것은 기뻤지만 지금은 중요한 일이 남아 있다.

"라크 경, 스틸문으로부터의 연락입니다. 가나크가 슈앙 밀림에 나타났다고 합니다."

"뭐라고요!"

"그는 아무도 모르게 단신으로 현자의 탑을 빠져나온 모양입니다. 워낙 은밀하게 움직여서 아무도 몰랐다고 합니다. 삼일 전 밀림에 도착해서 전투가 벌어진 이후에야 도둑 길드의 요원이 그것을 확인하고 황궁에 알렸습니다."

"으음, 그렇다면 전 정령의 숲으로 가야 합니다. 시르카의 힘만으로는 가나크를 막기 힘들 것입니다."

시르카가 위험하다! 라크는 심장이 격렬하게 뛰는 것을 느꼈다.

어째서 조금 일찍 나오지 못했을까? 어쩔 수 없는 상황이었지만 지금은 그것이 후회가 되었다.

옆에서 파라타가 고개를 저으며 말했다.

"너무 늦었다고 봐야겠지. 가나크란 놈이 정말로 그렇게 강하다면, 이미 숲에 불을 싸지르고 그 여자 마법사를 납치하든가 이미 처리했을 것이다."

"파라타님!"

너무나도 심한 말에 탐린은 원망스러운 눈으로 파라타를 보며 소리쳤다. 그러나 파라타는 오히려 냉정한 눈으로 라크를 보았다.

라크는 그 서늘한 드래곤의 눈빛에 마음을 안정시키고 정신을 똑바로 차렸다.

마법사는 항상 냉정해야 하는 존재. 흥분은 금물이다. 파라타의 눈은 그렇게 말하고 있었다.

심장의 고동이 정상적으로 돌아오는 데에는 많은 시간이 필요하지 않았다. 곧 라크는 몸 안의 열기를 가벼운 한숨과 함께 토해내며 말했다.

"파라타님의 말씀이 옳을 겁니다."

"과연 마법사답군. 그 정도까지 순간적으로 감정을 추스를 수 있는 자는 많지 않지. 그럼 어떻게 할 거지?"

"도와주시겠습니까?"

"호오, 나와 계약을 하겠다는 소린가? 좋지. 가나크란 놈을 확실하게 찢어발겨 주지."

아이고, 좋아라! 파라타는 속으로 그렇게 소리를 지르며 대답했다.

그는 즉시 주변에 방음의 결계를 쳤다.

드래곤은 자격이 되는 인간과는 계약을 할 수 있다. 한 가지 도움을 주고 그에 합당한 요구를 할 수 있다.

가장 좋은 것은 역시 마족을 처치해 달라는 부탁이다. 그러면 자신은 신나게 싸우고, 또 대가도 요구할 수 있다.

역시 애인이 위기에 빠진 인간은 다급한 것이다. 이제 뽀개는 일만 남았다고 생각하니 몸속에 잠재해 있는 파괴 본능이 무럭무럭 자라났다.

그러나 라크는 다시 말했다.

"계약은 하는데, 마족과 싸워 달라는 소리가 아닙니다."

"잉? 그럼?"

"저를 정령의 숲까지 데려다 주십시오."

"뭐라고? 데려다 달라고?"

"전에 누군가에게 들은 적이 있습니다. 세상에서 가장 빠른 이동 수단은 바로 파라타님 일족의 등에 타고 날아가는 것이라고 말입니다."

"뭐야! 어떤 놈이 그런 소리를 했어! 누구야?"

"아닙니까?"

"이놈아, 그게 아니잖아! 감히 우리 일족을 탈것 취급한 미친놈이 누구인지 말해라!"

이야기가 그렇게 되나? 라크는 잠시 멈칫했지만 이미 입에서 흘러나온 말이다. 그렇다고 해서 방랑의 클라우드가 그랬다고 대답할 수는 없다.

"그게 계약 조건입니까?"

"뭐?"

"그 말을 한 사람의 이름을 말하면 저를 정령의 숲까지 태워주시겠습니까?"

"으윽, 그건……."

파라타는 머뭇거렸다.

기분 같아서는 그렇게 하고 싶지만, 그럴 경우 라크에게는 더 이상 어떤 요구도 할 수 없게 된다.

라크에게 바라는 것이 많은 파라타였기에 모처럼 라크가 계약하자는데 그런 조건을 내걸 수는 없었다.

파라타는 즉시 말을 바꾸었다.

"험험, 아니지. 그건 나중에 천천히 알아봐도 되고, 지금 중요한 것은 네가 정령의 숲에 가는 것. 그리고 내가 반대로 한 가지 요구를 할 수 있는 것이지."

라크는 그럴 줄 알았다는 듯 고개를 끄덕였다.

손익계산이 정확하기로 이름 높은 드래곤이 절대로 사람 이름 하나 대는 것으로 태워줄 리가 없다.

이것으로 파라타는 누가 라크에게 그런 말을 했는지 물을 수 없게 된 것이다. 억지로 강요하면 계약자에게 대가없는 보수를 요구하는 셈이 되기 때문이다. 알고도 당할 수밖에 없는 계략이란 바로 이런 것이다.

하지만 그렇다고 해서 대가가 사라지는 것은 아니다. 라크는 마음속으로 각오를 하고 물었다.

"그럼 파라타님의 요구 조건은 무엇입니까?"

"나중에 천천히 생각해서 말하면 안 될까?"

"안 됩니다."

시간을 끌면 그만큼 불리해진다. 라크는 딱 잘라 거절했다.

"흥, 감히 나와 대등하게 계약을 하려 하다니. 하지만 좋다. 말하지. 이 일이 해결된 후, 즉 가나크를 소멸시킨 후에는 나의 레어에 와서 10년간 내가 너에 대해 연구할 수 있도록 협력해라."

"저를 말입니까?"

"그렇다. 빛의 마법은 우리 드래곤도 사용하지 못하는 인간만의 마법. 하지만 나를 비롯한 드래곤들도 존경하는 대마녀의 깨달음이란 게 어떤 것인지 조금은 제대로 연구를 해봐야겠다."

"좋습니다. 가나크가 사라지면 10년간 파라타님의 레어에서 생활하겠습니다."

"계약 성립이다."

파라타는 만족한 표정을 지으며 손을 들어 라크의 손등에 계약의 인을 새겼다. 이것으로 신성한 맹약은 라크의 영혼에 각인되어 반강제적으로 그것을 지키게 된다.

파라타는 생각했다.

'네놈이 오면 뉴라는 놈도 같이 오겠지. 그리고 탐린도 말이야. 인간의 성욕은 무섭지. 탐린만 거부하지 않는다면 틀림없이 사고를 칠 거다. 안 쳐도 상관없고. 숲의 마법사가 같이 오면 또 그녀도 연구할 수 있으니 말이야. 흐흐흐.'

최소한 일석삼조다. 파라타는 좋은 계약이라 판단하고 라크 몰래 웃었다.

라크 역시 생각했다.

'어차피 나는 앞으로 평생 동안 빛의 마법을 발전시켜야 하는 몸. 드래곤의 레어에서 수련을 하는 것은 큰 이익이 된다. 그리고 그가 나를 연구하듯 나도 그를 연구할 수 있지. 빛의 마법이 드래곤에게 어느 정도까지 통하는가를 말이야. 시르카님과 둘이서 은거를 해야지. 사람들이 귀찮게 하지 못하게.'

드래곤의 레어는 현자의 탑보다 더한 마나의 집결지라 할 수 있다. 왜냐하면 물질계에서 가장 강한 존재인 드래곤이 항상 뒹굴고 있으니까.

비늘에 낀 마나만 해도 장난이 아니니 레어에서 드래곤과 함께 수련을 하면 엄청난 효과를 얻을 수 있다.

라크는 이건 기회라 판단하고 살며시 미소를 지었다.

그렇게 나름대로의 계산 아래 둘의 계약은 성립되었다.

*　　　　*　　　　*

가나크의 생각과는 달리 정령의 숲에 들어온 지 한참이 지났는 데도 정령들의 공격은 전혀 없었다.

이미 하루를 꼬박 들어왔는 데도 이런 상태라면 상대는 당분간 공격할 생각이 없다고 봐야 했다.

"음, 나를 끌어들이려는 속셈인가?"

가나크는 멈추어 섰다.

그리고는 샤이닝 비에게 주변을 정찰하고 오라고 명했다.

우우웅, 하는 요란한 소리와 함께 빛의 벌들은 사방으로 퍼져 나갔다. 가나크에 의해 만들어져 그의 마력에 의해 생존하는 그들에게 있어서 가나크는 그들의 벌집이자 여왕벌과도 같았다.

가나크는 조용히 서서 그것들이 정보를 가져오기를 기다렸다.

약 한 시간이 지나자 가장 멀리 나갔던 벌들이 돌아왔다. 일정 거리 이상 떨어지면 정신적인 연결이 끊어지기 때문에 벌들은 돌아와서 보고를 해야 한다.

"사방이 완전히 숲이란 말이지? 뭐? 내가 들어온 지역으로 돌아갈 수 없다고?"

이상한 점을 발견했다.

앞쪽으로 간 벌들은 가나크가 앞으로 하루를 더 간다고 해도 시르카가 있는 숲의 중앙에 도착할 수 없다는 것을 알려왔다.

그리고 뒤쪽으로 돌아간 벌들은 정령의 숲의 경계선을 찾지 못했다.

사방으로 나간 벌들이 모두 정령의 숲에서 벗어날 수 없었다. 심지어는 위로 올라간 벌들조차 숲 이외에는 아무것도 발견할 수 없었다. 부락이라도 있어야 정상인데, 오직 거대한 나무들만 빽빽하게 들어서 있을 뿐이다.

"미로인가? 끌어들이려는 속셈이라기보다는 헤매게 하려는 거군."

가나크는 숲 전체가 마법으로 이루어진 미로라고 판단했다. 이 거대한 숲 전체가! 머리가 아파왔다.

"시르카, 이런 거대 결계진을 칠 수 있다고는 생각지 못했는데 말이야."

이거야말로 기적이나 다름없는 일이다.

가나크는 긴장을 하며 주변을 살폈다. 그러나 아무런 문제점도 발견할 수 없었다.

밤하늘에 뜬 별자리를 봐도 그는 똑바로 이동하고 있었다. 그러나 별자리를 보고 이동하면 3일이 아니라 10년이 걸려도 이곳을 벗어날 수 없다는 생각이 들었다.

천체까지 속이는 미로. 어떻게 숲 전체가 미로로 변해 버렸을까?

가나크는 한참을 고민하다 문득 피식, 하고 웃었다.

"내가 요즘 너무 생각을 많이 하는군."

말과 함께 손을 스윽 들어올리자 사방에 퍼져 있던 샤이닝 비가 모두 모였다. 그러자 가나크는 힘차게 손을 내리며 다시 명령했다.

"보이는 모든 것을 파괴하라."

우우우우웅—

명령은 간단하다. 그러나 샤이닝 비들에게는 알아듣기 어려운 주문이었다. 그들은 전신을 떨며 가나크의 주변을 이리저리 움직였다.

"일단 나무부터."

윙.

알기 쉬운 명령이다.

샤이닝 비들은 가나크의 명을 충실이 따랐다. 가까운 나무를 몸으로 들이받아 안으로 파고든 다음, 스스로의 육체를 폭발시켰다.

모든 것을 소멸시키는 섬광이 나무 속에서부터 발생해 거대한 나무의 둥치를 그대로 끊어버렸다.

파앗, 팟!

파파파팍, 쿠쿠쿵!

[꺄아아아아아아!]

동시에 수백 그루의 나무가 요란한 소리를 내며 옆으로 기울어졌다.

동시에 들려오는 비명 소리! 그것은 바로 나무들 속에 살며 그것을 지키던 드라이어드의 절규였다.

"역시 드라이어드의 장난인가? 하지만 그렇다고 해도 숲 전체의 드라이어드를 모두 통제할 수 있다니. 대단하긴 대단하군."

가나크는 그렇게 말하며 쓰러진 나무들을 살폈다.

중간 부분이 통째로 사라진 나무들은 쓰러지면서 이리저리 부딪쳐 나무 껍질이 벗겨져 있었다. 그리고 그 속에는 기묘한 문양이 새겨져 수액이 고여 빛나고 있었다.

가나크의 눈이 빛났다.

"마법진. 나무 껍질의 안쪽에 마법진을 새기고 그걸 다시 붙인 거가? 이게 숲의 마법사의 비술이로군!"

[키아아아아!]

가나크가 그것을 본 순간 나무들이 움직이기 시작했다.

분명히 움직일 수 없는 식물임에도 불구하고 허리를 비틀고 가지를 내려 가나크를 후려치려 했다.

가나크는 급히 땅을 굴러 몸을 피했다. 그사이 실드 가디언이 그 나무에 달려들어 어깨로 들이받았다. 요란한 소리와 함께 나무가 뿌리째 뽑혀 뒤로 넘어갔다.

가나크는 자세를 바로 하고 주변의 변화에 집중했다.

아니다 다를까, 바람이 격해지고 땅에 진동이 느껴진다. 다시 정령들이 모여들고 있었다.

"본성을 드러내는 거군. 좋아! 나와랏!"

위이이이잉―

샤이닝 비가 다시 백여 마리나 나타났다.

가나크는 자신의 마력에 끝이 없다고 자신하는 듯 연달아 상위 마법을 펼친 것이다. 그것을 증명이라도 하듯 마족의 그림자가 공간 중에 떠올라 박쥐의 그것과도 같은 날개를 활짝 펼쳤다.

마기가 하늘 끝까지 치솟고 주변의 마나들이 요동치기 시작했다.

"가라! 숲의 나무들이 모두 나를 적대한다면 나도 모든 나무를 파괴해 버리겠다!"

위이이잉, 파파파팟!

다시 나무들이 쓰러지기 시작했다.

정령들은 마기의 위협을 무릅쓰고 공격해 왔지만 그림자와 영혼의 방어막이 그것을 철저하게 막았다.

빛의 벌 떼들은 끊임없이 소환되었다. 그리고 소환되자마자 가나크의 의지대로 사방의 나무에 부딪쳐 자폭했다.

가나크를 중심으로 나무들이 모두 쓰러진 공간이 생겨났

고, 그 범위는 점점 넓어졌다.

"맙소사! 어떻게 저런 잔인한 짓을!"

링리네가 울음을 터뜨렸다. 그녀에게는 드라이어드의 비명 소리가 모두 들렸다.

정령을 다루는 자답게 식물도 살아 있는 생물이라는 것을 너무나도 잘 알고 있기에 가나크의 행위가 잔혹한 학살로 보였다.

"감정에 휘둘리지 마라. 드라이어드들은 우리를 위해 싸워주는 동지이고, 가나크에게는 적이다. 그가 나무를 모두 죽이는 것은 어찌 보면 당연한 일이야."

"그래도요! 저런 힘이라면 모두 죽이지 않아도 결계를 깰수 있잖아요!"

"적에게 자비를 바라지 마! 그럴 여유가 있으면 더욱 집중해! 조금 더 많은 정령을, 더욱 강한 정령력을 네 몸속으로부터 이끌어내!"

듣다 못한 틸타가 링리네에게 외쳤다. 그녀의 엄격한 말에 링리네는 억지로 울음을 멈추고 다시 정령을 소환했다.

그때, 주변에 서 있던 원주민 전사 중 한 명이 시르카에게 말했다.

"저희가 가겠습니다."

시르카는 슬픈 눈으로 그들을 보았다.

그들 중에는 시르카가 어릴 때부터 같이 지낸 사람도 있었다.

하지만 샤먼은 원주민과 정령 중 어느 한쪽에 무게를 두어서는 안 된다. 원주민 전사들이 중요한 만큼 드라이어드도 소중하다.

"가세요. 그대들의 창끝에 정령신의 가호가 있을 겁니다."

시르카가 나지막한 목소리로 말하자 원주민 전사들은 각오를 다진 눈빛으로 조용히 창과 방패를 들었다.

투창으로도 쓸 수 있는 짧은 단창과 팔뚝을 가릴 정도의 둥글고 작은 방패였지만 이들은 이런 간단한 무기만으로 대륙에서 가장 흉포하다는 밀림의 마물들과 싸워서 살아남았다.

그리고 그중 한 명은 창과 방패가 아닌 두 개의 검을 양손에 들고 있었는데, 그가 바로 밀림 최고의 전사로 인정받은 투스타라였다.

그가 들고 있는 두 개의 검은 고대로부터 내려온 마법검으로, 밀림의 보물이라 할 수 있었다.

전사들이 준비를 끝내자 투스타라는 녹색과 붉은색의 광채를 발하는 마법검을 들어올리며 외쳤다.

"물러서지 않는 용기보다는 살아남아 끝까지 싸우는 현명함을! 자기 자신의 신뢰와 함께 숲과 동화하는 적응력을 우리는 가졌다!"

"오오오!"

"이제 적을 친다! 가자!"

전사들이 함성을 외치며 투스타라의 뒤를 따라 숲 안쪽으로 들어가자 모든 샤먼들이 소환했던 정령들을 되돌려보내고, 그 정령력으로 전사들에게 힘을 부여했다.

샤먼들만이 쓸 수 있는 정령술로 인해 전사들은 인간의 한계 이상의 능력을 지니게 되었다.

이것이 바로 대적을 맞이해 싸우는 원주민들의 최고 전투 형태인 정령 전사이다.

그들은 바람의 힘을 타고 빠르게 나아갔다.

나무들이 알아서 길을 내주었기에 그 속도는 거의 평지를 달리는 치타와도 같았다. 물의 정령의 축복을 받아 지칠 줄 모르는 체력을 얻었기에 전력으로 한 시간 이상을 달려도 전혀 속도가 떨어지지 않았다.

"저기다!"

투스타라가 외쳤다.

정면에서 가나크가 달려오는 것이 보였다. 그는 여전히 검은 그림자의 날개를 펼치고 주변에 수많은 샤이닝 비를 생성하여 가로막는 모든 나무를 파괴하고 있었다.

"투창!"

투스타라가 두 개의 검을 앞으로 세우며 외쳤다.

원주민 전사들은 그 호령에 따라 들고 있던 창을 앞으로 던졌다. 달리는 힘의 반동까지 더해진 창의 힘은 강대했다. 더욱이 던지는 기법이 특수하여 창이 드릴처럼 맹렬하게 회전을 하고 있었기에 그 파괴력은 상상을 불허했다.

콰콰콰콰쾅!

불의 정령이 창에 깃들어 표적에 명중하자마자 엄청난 대폭발을 일으켰다.

샤이닝 비들은 그 폭발의 압력으로 사방으로 튕겨져 나갔고, 영혼의 방어막을 이루는 영혼들도 비명을 지르며 소멸되었다. 그 뒤를 이어 투스타라가 뛰어들었다.

카캉!

"크윽!"

가나크는 두 팔을 십자로 교차하여 두 개의 검을 막았다.

팔에서 은은히 흘러나오는 빛이 마법검으로부터 견딜 수 있는 힘을 주었지만 그 안에 담긴 충격파는 팔 안까지 스며들어 고통을 가했다.

마법사가 전사의 근접 공격을 허용한 것만으로도 위기라 할 수 있었다.

그러나 가나크에게는 아직 실드 가디언이 남아 있었다.

슈욱—

뒤쪽에서 실드 가디언의 금속 팔이 공기를 가르며 투스타라의 머리를 향해 쇄도했다.

그러자 투스타라는 뒤도 돌아보지 않고 그대로 몸을 위로 날려 공중에 물구나무 서 듯이 섰다. 땅에는 식인 덩굴이 창처럼 뻗어 올라오고 있었다.

"쳐라!"

투스타라가 외치자 다른 전사들이 몸을 날렸다.

땅을 데굴데굴 구르며 방패로 가나크의 다리를 자르려 했다. 방패의 옆면은 칼날처럼 날카롭게 갈려 있었다.

샤이닝 비들이 그런 전사들을 향해 달려들었다.

그러자 몇몇 전사들이 품에서 작은 그물을 꺼내 던졌다. 밀림은 원래 독충이 많은데, 무리를 지어 덤벼드는 독벌레들을 막기 위한 특수한 그물을 그들은 항상 소지하고 있었던 것이다.

파파파곽!

샤이닝 비들은 그 그물에 부딪쳐 소멸해 버렸다. 그물도 같이 사라져 버렸지만 그것만으로도 충분한 여유가 생겼다.

"흥, 네깟 놈들이!"

가나크는 가소롭다는 듯이 코웃음을 치며 몸을 날려 공중으로 떠올랐다. 단순히 점프한 것이 아니라 실제로 날아올라 허공에 정지했다.

"사라져라."

죽음의 선언! 그 목소리와 함께 가나크의 몸에서 다시 빛의 덩어리들이 뿜어져 나왔다. 창처럼 날카롭게 빛나는 빛들은 소리도 없이 주변의 원주민 전사들을 향해 날아갔다.

그러나 원주민 전사들도 하나같이 밀림에서 손꼽히는 실력자들. 그 위에 정령술로 인해 한계를 초월한 반사 신경을 얻었다.

그들은 계속해서 몸을 굴려 빛의 창을 피해냈다. 하지만 허리에 차고 있던 정글도로 식인 덩굴의 촉수와도 같은 줄기를 자르며 피하는 것이라 확실히 동작이 둔해졌다.

콰콰콰쾅!

땅이 파였다. 미처 피하지 못하고 창에 맞은 자들은 비명도 지르지 못한 채 완전히 소멸되어 버렸다.

"이놈!"

투스타라는 노성을 지르며 허공에 떠올랐던 몸을 한 바퀴 뒤집어 두 개의 검으로 가나크의 머리와 날개를 동시에 자르려 했다.

리버스 이글! 비전의 쌍검술 중 가장 강력한 비장의 수법이었다. 속도와 변화, 그리고 힘 중 그 어느 것 하나 나무랄 것 없는 두 개의 마법검은 정확하게 표적을 향해 나아갔다.

가나크는 피할 여유가 없었는지 두 팔로 머리를 감싸고 날개를 오므렸다.

캉! 하는 소리와 함께 검 중 하나가 팔에 반쯤 박혔다. 그리고 날개 중 하나가 잘려 나갔다.

동시에 영혼들이 튀어나와 투스타라의 몸을 관통했다. 슈욱, 하는 소리와 함께 투스타라는 전신을 떨었다.

영혼에 의해 내부에 극심한 충격을 받았다. 정령들이 보호하지 않았다면 단숨에 육체와 영혼이 동시에 파괴되었을 것이다.

하지만 상처를 입은 것은 가나크도 마찬가지. 그 틈을 노려 원주민 전사들이 동시에 공격을 가했다.

방패를 둘로 쪼개어 그것을 던지자 도끼처럼 맹렬한 회전을 하며 날아가 가나크의 몸을 파고들었다.

투스타라는 힘없이 땅 위로 떨어졌지만 기분이 좋다는 듯 웃었다.

"크흐흐흐, 어떠냐? 아무리 고위 마법사라 해도 정령의 숲에서는 마력이 억제되지. 그리고 우리는 정령의 가호를 받는다. 정령의 숲에서 우리들은 몇 배나 강해질 수 있는 것이다."

"크으윽, 과연 그렇군."

가나크도 땅에 떨어져 비틀거리며 대답했다.

그의 전신에 박힌 수십 개의 방패 도끼는 육체를 확실하게 파괴했다. 그리고 그 사이로 불의 정령의 힘이 파고들어 내부를 태웠다.

가나크의 몸이 점점 검어졌고, 그림자의 날개가 오그라들어 사라져 갔다. 원주민 전사들은 승리의 함성을 질렀다.

그러나 정령의 힘으로 그것을 지켜보던 시르카는 생각이 조금 달랐다. 아무리 기습적인 공격이었고, 정령 전사들의 능력이 강하다고는 해도 이렇게 쉽게 끝날 리는 없다.

일반 고위 마법사라면 몰라도 상대는 가나크인 것이다.

"조심해요! 뭔가 이상합니다."

그녀는 즉시 바람의 정령의 힘을 이용하여 전사들에게 경고의 말을 전했다.

그 순간, 시르카가 서 있는 땅에서 검은 그림자가 스르륵 일어나 사람의 형상으로 변해 순식간에 손에 든 단검으로 시르카의 목을 겨눈 채 그녀의 귀에 속삭였다.

"늦었습니다. 제가 이겼군요."

"가나크!"

"그렇습니다. 지금까지 싸운 존재는 제 그림자일 뿐입니다. 시르카님도 아시겠지만 섀도우 가디언이지요."

"아!"

가나크의 말 그대로였다.

상처를 입은 가나크는 완전히 검게 변해 땅으로 녹아들더니 그대로 그림자가 되어버렸다. 그리고 사라졌다. 원주민 전사들은 영문을 몰라 어리둥절한 얼굴을 하다가 그때서야 도착한 바람의 속삭임에 급히 경계 태세를 갖추었다.

시르카를 붙잡은 가나크는 가볍게 웃으며 다시 말했다.

"숲의 탑을 여는 정령의 비밀 암호가 필요합니다. 말씀해 주십시오."

누가 말을 할까 보냐!

시르카는 즉시 주문을 시전하여 자신의 기억을 일시적으로 봉인하려 했다. 그럴 경우 당분간은 백치 상태가 되지만 강력한 신성 마법의 저주 해제로 치유할 수 있다.

지하 대신전의 힘으로만 가능한 일이니 가나크는 절대로 숲의 탑을 열 수 없을 것이다.

그러나 가나크가 조금 더 빨랐다. 가나크가 짧게 주문을 외우자 시르카의 몸이 굳어졌다. 그리고 그녀의 그림자가 일어나 가나크의 귀에 대고 속삭였다.

"숲의 탑을 여는 암호는 '사르타의 마음' 이에요."

"고맙습니다, 시르카의 그림자님."

접촉을 하면 남의 그림자까지 다룰 수 있게 된 가나크였다. 그에게 잡힌 이상 비밀은 있을 수 없다.

가나크는 이제 정령의 탑을 손에 넣게 된 것이나 마찬가지라는 표정을 지었다.

위험을 무릅쓰고 새도우 가디언을 소환하고 마족의 그림

자의 힘까지 그쪽에 몰아준 보람이 있었다. 그 자신은 그림자 형태로 변해 섀도우 가디언이 소란을 피우는 사이 숲의 중앙을 향해 잠입한 것이다.

만약 잠입이 들켰다면? 죽었을 가능성이 높다.

마족의 힘을 섀도우 가디언이 가져간 이상 그 자신은 원래 고위 마법사의 힘밖에는 사용할 수 없는 것이다. 그것만으로도 충분히 강하지만 정령의 숲의 함정을 정면으로 파헤칠 정도는 아니다.

이건 정말 모험이었고, 가나크는 승리한 것이다.

원하는 것을 얻는 가나크는 그대로 굳어버린 시르카를 끌어안은 채 뒤로 몸을 날렸다.

다른 샤먼들은 비명을 지르며 그것을 막으려 했지만 시르카가 잡힌 이상 경거망동할 수도 없었다. 그 위에 시르카의 그림자가 일어나 샤먼들을 노려보고 있었다.

본체로부터 완전히 떨어지지는 못하는지 발에 붙은 채로 끌려가고 있었지만 전투가 벌어지면 바로 공격을 할 태세였다.

"시르카 언니!"

링리네가 울음 섞인 고함을 지르며 손을 좌우로 저었다.

바람의 상급 정령 넷이 나타나 돌풍을 일으켰다. 가나크의 움직임을 막기 위한 그녀의 집념이 동시에 넷이나 되는 상급 정령을 다루게 만든 것이다.

그러나 가나크는 시르카의 몸을 방패로 삼아 돌개바람을 향해 달렸다. 링리네는 어쩔 수 없이 바람을 비키게 했다. 그 사이 가나크는 마법을 시전하여 강력한 전격을 만들어내었다.

콰드드등!

"어딜!"

샤먼들이 급히 막아냈다. 그러는 사이 가나크는 마법진에서 완전히 벗어나 숲 쪽으로 사라지려 했다.

누군가! 시르카 언니를 구해줘! 그녀는 마음속으로 그렇게 외쳤다.

그때, 그녀의 소원을 들어주기라도 하듯 하늘에서 누군가가 떨어져 내렸다. 그것도 가나크의 바로 위로.

"스타라이트 샤워!"

별똥별처럼 빛나는 것들이 쏟아지며 시르카와 가나크를 덮어씌웠다. 별똥별은 가나크의 몸에 닿자마자 작은 파열음을 내며 터졌다. 신기하게도 시르카에게 닿은 것들은 터지지 않고 그대로 꺼져 버렸다.

"커억!"

가나크는 급히 방어막을 쳤지만 적지 않은 충격을 받았는지 비틀거렸다. 그리고 그사이 떨어져 내린 인물의 몸에서 눈부신 섬광이 일어났다.

"선샤인!"

파앗!

불처럼 뜨거운 빛! 너무나도 강해서 도저히 마주 볼 수 없는 그 빛의 덩어리는 작은 태양과도 같았다.

이것은 막을 수 없다! 가나크는 기겁하여 즉시 시르카를 놓고 몸을 날렸다.

콰아아앙!

파이어 볼이 터지는 것과도 같은 폭염이 일어났다. 단지 그 파괴력은 파이어 볼의 십여 배에 달했다.

가나크는 다리에 심한 화상을 입었다. 그는 비틀거리며 떨어져 내린 인물을 바라보았다.

그 자신과 똑같은 생김새! 바로 라크였다.

"독한 놈! 살아 있었군."

"그래, 이제 네가 소멸할 차례다."

라크는 그렇게 말하고 아직도 남아 있는 폭염의 가운데에 쓰러져 있는 시르카를 부축해서 일으켜 세웠다.

가나크는 그것을 보며 재미있다는 눈빛으로 말했다.

"너의 마법은 상대에 따라 피해를 입힐 수 있군. 새로운 수법인가?"

"빛의 마법이다, 네가 모르는."

"아! 하하하하하하! 그것참, 재미있군. 내가 모르고 네가 아는 빛의 마법이 있을 수 있다니!"

가나크는 억지로 몸을 일으켜 서며 말했다.

어느새 그의 몸 주변에는 수십 개의 영혼의 방어막이 쳐져 있었다. 방어와 반격에 가장 효과적인 마법이다.

"예상치 못했던 일이다. 네가 살아 있고, 빛의 마법까지 쓸 수 있다니."

"별로 대화하고 싶지 않다. 마족의 힘이 회복되기 이전에 죽여주마."

"엇! 알아차렸나? 하기야, 넌 나와 같지. 머리가 좋을 거야. 하지만 반대로 말하면 나도 머리가 좋다."

손에 마력을 모아 빛의 구슬을 형성하고 있는 라크를 보면서도 가나크는 여유만만했다. 그는 손가락으로 시르카를 가리켰다.

"봐라."

가나크가 가리킨 곳은 바로 시르카의 발아래. 놀랍게도 그녀의 발목은 검게 변해 있었다. 그림자에 의해 발아래부터 먹혀들기 시작한 것이다.

"너!"

"그녀의 그림자라면 나의 연인이 될 수 있지 않을까, 하고 생각했지만 말이야. 이렇게 되었으니 일단은 물러나 주지. 아무래도 이 숲은 기분이 나쁘거든. 그렇다고 해서 다 파괴하기

엔 힘의 소모가 너무 심하고."

가나크는 그렇게 말하며 몸을 돌려 숲 안쪽으로 걸어갔다.

샤먼들이 화난 표정으로 가나크를 공격하려 했지만 라크는 손을 들어 그녀들을 제지했다.

사실 방금 전의 공격은 라크가 전력을 다한 기습이었지만, 결국 그를 죽이지 못했다. 그리고 벌써 그의 다리는 회복되어 가고 있었다. 이미 마족의 힘이 돌아오기 시작한 것이다.

"일단은 시르카를 구해야 합니다."

"구할 수 있을까요?"

"제가 그림자를 제거할 방법을 압니다. 하지만 그러기 위해서는 싸울 수 없습니다. 우리도 자리를 이동하는 것이 좋겠습니다."

"흑, 언니……."

그녀들은 라크의 말에 따라 시르카와 함께 가나크가 떠난 숲 반대편으로 이동했다. 숲에 설치한 마법진도 시르카가 쓰러진 지금 거의 힘을 쓸 수 없을 것이다.

"그놈이 다시 돌아올까요?"

샤먼 중 한 명이 걱정스러운 얼굴로 라크에게 물었다.

"일단은 원하는 것을 얻었으니 돌아갈 것입니다. 그에게도 시간은 많지 않습니다. 여황이 결단을 내리기 전에 하려는 일을 모두 마쳐야 하기 때문입니다."

"그렇군요."

라크의 말은 왠지 모르게 믿음이 갔다.

샤먼들은 긴장을 풀고 시르카의 상태를 걱정하기 시작했다. 그리고 그중 몇 명은 바람의 정령을 이용해 전사들에게 돌아오라는 전갈을 보냈다.

전투가 끝나고 서서히 모든 것이 정리되어 갔다.

가나크는 원하는 것을 얻었지만 시르카를 소유하지는 못했다. 라크는 빛의 힘을 이용해 그림자를 원래대로 되돌렸다. 그사이 약간 오염된 영혼도 정화시켰다.

치료가 끝나니 거의 하루가 지났다. 거의 탈진 상태가 된 라크는 몸을 일으켜 하늘을 보았다.

하늘 높이 날고 있는 파라타의 모습이 보였다. 전투에는 참가하지 않겠다는 듯 육지로 내려오지 않고 있었다.

정령의 탑은 가나크의 손에 넘어간 것이나 마찬가지이다.

이것으로 나싱이 나올 수밖에 없는 상황이 되었다. 하지만 그녀는 나올 수 없다.

여황은 이미 영혼의 오염에 대해 알고 있다. 어떻게 될까? 현자의 탑이 폐쇄될지도 모른다. 그것이 가장 피해가 적은 해결 방법일까?

라크는 잠시 생각에 잠겼다. 그러나 곧 고개를 들어올리며 중얼거렸다.

"상관없겠지. 어쨌든 이제는 내가 싸울 수 있으니까."

라크는 지금은 가장 중요한 시르카에게만 시선을 집중시켰다. 그녀가 깰 때까지 지켜보고 있다가 눈을 뜨면 밝은 얼굴로 재회의 인사를 하기 위하여.

Chapter 5

여황의 결단

여황의 결단

시르카가 깨어난 것은 3일이 지난 뒤였다. 그동안 라크는 한시도 떠나지 않고 그녀를 지켜보았다.

가나크는 이미 스틸문으로 돌아갔을 터이지만 꼭 그렇다고 확신할 수는 없기에 시르카를 보호해야 했다. 만약 그가 떠나지 않고 여전히 숨어서 시르카를 노리고 있다면 라크 이외에는 막을 사람이 없다.

"라크?"

시르카는 눈을 뜨자마자 자신의 망막에 들어오는 사람의 이름을 불렀다.

라크는 웃으면서 고개를 끄덕여 보였다. 어깨에 앉아 있던 뉴도 앞발을 흔들어 보였다.

시르카는 그걸 보고 힘없이 웃었다. 그러다가 다시 슬픈 표정을 지으며 말했다.

"숲의 탑의 비밀을 말했어요. 그렇게 대비를 했는데 결국 지키지 못했어요."

"괜찮아."

라크는 짧게 대답했다. 그리고는 그녀의 입술에 가볍게 키스를 하고는 다시 그녀를 잠들게 했다. 영혼뿐만 아니라 육체에도 무리가 간 이상 당분간은 기운을 차릴 수 없을 것이다.

"이제 어떻게 할 거냐?"

파라타가 물었다.

"이번에는 제가 가야겠죠."

"그때 보니 그놈의 마력이 상당하던데? 그게 마족의 힘을 사용하지 않은 수준이라면 네놈의 힘으로는 힘들다."

"그렇게 말씀하셔도 계약 안 합니다."

"이놈아! 이게 그런 문제냐?"

"안 죽을게요. 꼭 가나크를 처치하고 파라타님의 레어에서 10년간 살겠습니다."

"커흠, 말로는 쉬워도 그걸 실행하는 것은 뜻대로 되지 않지. 일단 가나크란 놈이 너에게 접촉하기만 하면 넌 끝이다.

그림자를 이용당할 수도 있고, 육체를 그림자에 잠식당할 수
도 있다."

"마법사가 상대에게 육체 접촉을 허용할 정도라면 죽어야
죠. 그리고 그림자는 없앨 겁니다."

"오호! 너도 섀도우 가디언을 소환해서 싸우게?"

그림자를 떼어내 조종하는 것은 빛의 마법에 속한다. 라크
는 이미 빛의 마법을 얻었기 때문에 섀도우 가디언을 소환할
수 있다. 과연 좋은 생각이라고 파라타는 감심했다.

그러나 라크는 고개를 저었다.

"섀도우 가디언은 부르지 않을 겁니다. 제 생각이 맞다면,
그림자에 대한 힘만큼은 가나크가 월등할 것 같더군요."

"빼앗길 수도 있다는 소리냐?"

"그렇습니다. 억지로 다른 곳에 가져다 붙여 버리기라도
하면 전 또 그림자 없는 라크가 됩니다. 하하하."

"웃을 일이 아니다."

"그래도 웃어야죠."

라크는 여전히 입가에 미소를 지은 채 그렇게 말했다. 그러
나 그의 눈은 더 이상 웃고 있지 않았다.

파라타는 그 모습을 보고는 라크에게 다른 생각이 있다는
것을 알 수 있었다.

무엇일까? 힘으로는 상대가 안 된다.

"참, 그런데 그때 그건 어떻게 한 거냐?"

"뭐 말입니까?"

"공격 마법을 상대에 따라 차별적으로 효과를 나타나게 하는 것 말이다. 같은 폭발에 휘말려도 시르카는 멀쩡하고 가나크만 골탕을 먹지 않았느냐?"

"그게 제 밥그릇입니다. 이번에 깨달은 수법이죠."

"빛의 마법이냐?"

"예."

"크흠, 그것참, 빛의 마법이란 게 신기하긴 신기하구나."

파라타는 더 이상 묻지 않았다.

범위형 공격 마법을 사용해서 적에게만 충격을 주는 것은 드래곤에게도 불가능한데, 그게 빛의 마법에는 가능하다고 하니 왠지 모르게 기분이 나쁘기도 했다.

그리고 그걸 순간적인 깨달음으로 가능하게 한 라크의 재능에 놀랐다.

사실 이런 수법은 티모라가 남긴 수법으로, 라크가 하루아침에 만들어낼 수 있는 성질의 것이 아니었다. 그러나 파라타는 라크가 티모라의 선물을 받았다는 사실을 미처 몰랐다.

'무서운 놈. 저놈이라면 정말 가나크란 놈을 처치할지도 모르지. 아니지. 저놈이 저렇다면 가나크란 놈도 천재란 소린데?'

갑자기 둘의 승부에 대해 호기심이 크게 일어나는 파라타였다.

그때 라크가 말했다.

"전 스틸문으로 가겠습니다. 가나크가 정령의 탑을 손에 넣은 이상 바로 일을 벌일 것입니다. 그걸 막아야죠."

"그래라."

"태워주실 겁니까?"

"아니. 내가 왜?"

"알았습니다."

드래곤의 등이라는 게 말을 타듯 아무 때나 탈 수 있는 것은 아니다.

라크는 그대로 몸을 돌려 밖으로 나갔다. 그리고는 샤먼들에게 시르카가 깨어났다는 것을 알리고는 숲의 외곽 쪽을 향해 걸었다.

"성질 급한 놈. 그대로 걸어갈 거냐?"

"일단 숲 밖으로 나가면 날아갈 겁니다."

"흐, 플라이 마법으로는 별로 빠르게 날지 못한다. 그리고 쉽게 지치지."

"그래도 제가 현재 사용할 수 있는 가장 빠른 이동 수단입니다."

"뭐, 그게 마법사의 한계지. 좋다. 내 선물을 하나 하지."

파라타는 그렇게 말하고는 손가락을 입에 대고 짧게 휘파람을 불었다. 그러자 숲 저편으로부터 무엇인가가 날아왔다.

캬오옹!

날카로운 맹금의 울음소리와 함께 땅에 착지한 그것은 바로 그리폰이었다. 사자의 몸에 독수리의 머리와 날개를 한 마물. 그러나 주인에게는 충성을 바치기에 엘프들은 그리폰을 타고 다닌다는 전설이 있다.

"이놈을 빌려주지."

"그리폰도 기르셨습니까?"

드래곤이 그리폰을 기른다는 얘기는 처음 들어본다. 드래곤은 자신의 권족인 드레이크나 와이번 등을 주로 기른다고 알려져 있었다.

"설산에 살던 놈인데, 어릴 적에 뱀한테 잡아먹히려는 것을 내가 구했다."

"뱀이 그리폰을 잡아먹어요?"

"설산의 뱀은 좀 크다. 그건 됐으니 어서 타고 가라."

"감사합니다."

"아니, 뭐, 내가 태우고 갈 수는 없으니 이렇게라도 해야지. 어서 가라."

파라타의 호의에 라크는 다시 한 번 감사의 인사를 하고는 그리폰의 등에 올라탔다.

안장이 없어 잘못하면 미끄러져 떨어질지도 몰랐지만 일단 자리를 잡고는 마법으로 그리폰의 깃털에 살짝 몸을 붙이니 안정적이 되었다.

끼룩.

그리폰은 상당히 영리한 듯 가만히 있다가 라크가 준비가 되자 짧게 한 번 울고는 날개를 퍼덕이며 날아올랐다. 그리고는 라크가 손가락으로 가리킨 방향을 향해 날아갔다.

"갔군. 그럼 나도 가볼까?"

파라타는 씨익, 하고 웃으며 즉시 모습을 새의 형태로 바꾸었다. 이런 구경을 놓치면 두고두고 후회할 것 같은 느낌에 그는 서둘러 라크의 뒤를 따랐다.

*　　　*　　　*

방랑의 마법사 클라우드는 피의 탑에 있었나.

원래 남부의 마법사인 클라우드는 북부에 속하는 흡혈의 마법사 도사르와는 적대 관계라 할 수 있었다.

클라우드는 별로 신경을 쓰지 않지만 도사르 쪽에서는 클라우드를 보기만 하면 어떻게든 피를 뽑아내기 위해 벼르고 별렀다.

그렇기에 피의 탑 근처에 오면 위험하다. 고위 마법사는 자신의 탑 근처에 있을 때 더욱 강해지기 때문이다.

클라우드는 도사르가 죽었다는 것을 알게 되자 만사를 제치고 이곳을 찾았다.

피의 탑은 강 한가운데에 있는 작은 섬에 세워져 있었는데, 그 섬의 주변에 흐르는 강에는 헤아릴 수 없을 정도로 많은 소용돌이가 존재했다.

뿐만 아니라 대기에는 핏빛 안개가 항상 끼어 있어 주변에 사는 사람들은 절대로 이 근처로 오려 하지 않는다.

피의 안개는 안에 들어온 사람들의 몸에서 서서히 피를 뽑아내는 흡혈의 기능까지 있기에 이곳을 무사히 지나갈 수 있는 사람은 거의 없다.

모두 탑의 힘이다.

그러나 지하 수맥에서 생의 절반 이상을 살아온 클라우드는 집념과 끈기로 그 소용돌이의 틈을 찾아내었다. 거의 한 달 동안 물속에서 헤맨 성과였다.

"휴우, 이제 탑을 파괴하고 안에 있는 비전을 얻는 것만 남았나?"

클라우드는 눈앞에 있는 핏빛 건물을 보며 중얼거렸다.

흡혈의 마법사 도사르는 제자를 기르지 않았다. 몇 명 있던 제자나 사형제들도 모두 트집을 잡아 제거해 버렸다.

일반인이나 하급의 마법사들은 전혀 건드리지 않았기에

도사르의 악명은 그렇게까지 퍼지지는 않았다.

도사르는 마법사의 맹세를 철저하게 지켰다. 하지만 실력 있는 마법사들 다수가 그에게 당해 참혹하게 죽고 피를 뽑혔다. 그렇게 하여 피의 탑은 마법사들이 가장 경계하고 싫어하는 탑이 되었다.

그러나 30년 전의 피의 탑은 그렇지 않았다. 사람들에게 존경받는, 숭고한 이념을 가지고 끊임없이 노력하고 연구하는 그런 탑이었다.

마법으로 사람을 치유하려면 피에 함유된 마나를 이용하는 것이 가장 가능성이 높다는 이론하에 피의 마나를 강화하여 다른 사람에게 수혈하는 법을 연구해 낸 것도 이 탑의 노력의 결정체 중 하나이다.

그리하여 마법사들은 성직자처럼 자유롭게는 아니지만 정말로 급한 순간에는 자신들의 소중한 사람을 치료할 수 있게 되었다.

전대의 탑주는 클라우드와 친구 사이였다. 그는 죽기 전에 클라우드에게 말했다.

"도사르는 재능은 뛰어나나 속마음을 알기가 어렵네. 내가 그를 20여 년이나 가르쳤지만 그는 전혀 본성을 드러내 보이지 않았지. 어쩌면 피의 탑은 그로 인해 더럽혀질지도 모르겠군."

그리고는 피의 탑이 더럽혀지면, 초심을 잃고 다른 안 좋은 방향으로 나아간다면 그 뒤처리를 해달라고 부탁했다.

과연 그의 말대로 도사르는 자신이 탑의 주인이 된 이후, 피의 마법을 역으로 이용하기 시작했다. 그는 강대한 힘과 긴 수명을 원했다.

기존의 흡혈귀와는 또 다른 형태의 흡혈귀! 마법사의 피를 빨아들여 마나를 강화하는 방법을 도사르는 만들어내었다.

만약 이대로 갔다면, 도사르는 완벽하게 인간의 한계를 벗어나 언데드가 아닌 살아 있는 흡혈귀인 진조(眞祖)가 되었을 것이다.

클라우드는 그런 도사르를 처치하고 싶었다.

그러나 사실 방랑의 탑의 마법은 주로 이동과 조사, 그리고 변화에 대한 연구만을 해온 탑이라 전투적인 마법은 모든 탑 중에서도 수위를 다툴 정도로 약했다.

반면에 새롭게 마법을 개발한 도사르는 마법사들 간의 대결에서 가장 위력적인 힘을 발휘했다.

한 세대가 위라고 해도 승산이 없다는 것을 깨달은 클라우드는 때를 기다렸다. 싸우지는 않았지만 항상 도사르의 움직임을 살폈다.

그리하여 드디어 이곳에 섰다.

후계자가 없어 비어 있는 탑! 그것을 손에 넣어야 한다.

클라우드는 도사르가 가나크에게 당했다는 것을 알았다. 그리고 라크의 말을 근거로 추론해 볼 때, 가나크는 피의 탑에 대한 대부분의 정보를 알아냈을 것이다.

시간이 없다. 가나크가 이곳을 찾기 전에 먼저 탑을 손에 넣어야 한다. 그리고 피의 탑이 수백 년에 걸쳐 연구한 치유의 마법들을 빼내어야 한다.

그 후에는… 탑을 파괴할 수밖에 없다! 이미 개발된 흡혈의 마법은 사라지지 않기에 피의 탑은 사라져야만 하는 것이다.

"친우여, 30년 만에 그대의 부탁을 이루게 되었다."

클라우드는 그렇게 중얼거리고는 그동안 머릿속 한구석에 숨겨 왔던 주문을 외웠다.

피의 탑의 열쇠가 되는 주문! 친우가 마지막 유언과 함께 남긴 비밀의 언어였다.

끼이이익.

문이 열렸다. 탑은 클라우드를 새로운 주인 후보로 받아들이고 그를 시험할 것이다.

안에는 무슨 위험한 함정이 도사리고 있는지 클라우드도 알 수 없었다. 하지만 그는 각오를 굳히고 천천히 탑 안으로 걸어 들어갔다.

끼이이익, 쿵!

클라우드가 들어가자 탑의 문은 다시 닫혔다. 이제 그에게는 두 가지 길밖에 남아 있지 않다는 듯이.

주인이 되거나, 아니면 죽거나.

＊   ＊   ＊

"가나크가 돌아왔다고 합니다."

시녀장 테레사의 말에 여황은 눈살을 살짝 찌푸렸다. 우려했던 사태가 벌어진 것이다.

"슈앙 밀림에서는 연락이 있었나요?"

"아직 없습니다."

"머시에게는 연락이 있나요?"

"없습니다."

머시는 규칙의 탑의 수장이다. 스승인 린도르가 사용하던 법의 수호자라는 별명을 그대로 물려받은 그는 제국의 궁정 마법사장의 지위도 있었다.

그런데 그로부터의 연락이 끊겼다. 이미 가나크에게 넘어간 모양이다.

다행히도 그는 아직 궁정 마법사장이 된 지 얼마 되지 않아서 여황 본인이 나싱인지는 모른다.

여황은 결국 참지 못하고 한숨을 내쉬었다.

"하아, 그럼 결국 소멸의 탑의 권능을 사용해야 하는 건가요?"

최악의 사태다. 소멸의 탑의 권능은 바로 현자의 탑의 붕괴를 의미한다.

즉, 대륙 최고의 마법진이기도 한 현자의 탑의 일곱 탑이 동시에 마력을 잃고 파괴되는 것이다.

시녀장 테레사는 고개를 숙인 채 차마 말을 하지 못했다.

그러자 그 옆에 서 있던 남자가 예를 취했다. 발언권을 달라는 뜻이다. 여황은 그를 보았다. 특별히 정식으로 허락을 받지 않아도 여황의 앞에서 언제든 발언을 할 수 있는 신분의 남자이지만, 그는 언제나 기사로서 주군에 대한 예의를 지켰다.

발더스 파들로 공작, 제국에서 단둘밖에 없는 공작 중 한 명이자 황제의 수호 기사이다.

가문의 규칙에 따라 나이 16세 때 블루 드래곤 네미니스의 레어로 들어가 드래곤으로부터 식섭 섬법을 배운 남자.

파들로 가문의 장자는 초대 카리나스 때부터 대대로 네미니스의 제자가 되는 것이다.

그리고 10년 만에 돌아와 가문의 기사단이자 제국의 4대 무력 중 하나인 용전사단을 맡았다.

그 후에도 끊임없는 수련을 거듭하여 40대에 마스터의 경지에 든, 역대의 용기사 중에서도 손꼽히는 당대 최고의 무인이다.

그는 황제 직속의 기사 조직인 로얄 나이트의 수장으로서, 테레사와 함께 여황의 심복이었다.

"어쩔 수 없습니다. 사실 지금도 위험합니다. 대륙 곳곳에서 몰려온 마법사들이 현자의 탑의 비전 방출에 환호하고 있습니다. 가나크가 나타나지도 않았는데 벌써부터 그를 신성시하다시피 합니다."

"하아, 그들로서는 그게 당연하겠지요."

"이럴 때 가나크가 나타난다면 모든 마법사들은 그의 노예가 되고 맙니다. 가나크가 무슨 음모를 꾸미는지는 알 수 없지만, 이미 현자의 탑과 대부분의 마법사들은 그의 손아귀에 있다고 봐야 합니다."

"하지만 그들은 아직 표면적으로는 아무런 행동도 하지 않고 있어요. 맹약에 어긋난 행동도 하지 않았습니다. 그런데도 현자의 탑을 소멸시키면 모든 마법사들은 우리 황실을 저주하고 적대시할 것입니다."

여황은 신중했다. 하지만 발더스의 판단으로는 이미 신중의 단계는 지나갔다. 그는 강력하게 주장했다.

"그들이 행동을 한 후에는 늦습니다. 그들이 노리는 것은 바로 여황 폐하가 아닙니까!"

"나 하나만을 노리는 것으로 끝나면 좋겠지만……."

여황은 여전히 망설이고 있었다.

아직 칼자루를 쥐고 있기는 한데, 그걸 휘둘렀을 때에 되돌아올 여파가 너무 컸다. 제국의 근원 중 하나가 크게 흔들리는 것이다.

그러나 이미 상황은 심각하기 이를 데 없고, 다른 방법은 없는 듯했다.

결국 여황은 고개를 끄덕이고는 자리에서 일어났다. 그리고 선언하듯 말했다.

"현자의 탑이 모두 그의 손에 넘어갔다면, 이미 그곳은 제국에 우호적인 세력이 아니라고 봐야 합니다. 저는 제국의 여황이자 소멸의 탑의 나싱으로서 그곳의 폐쇄를 결정하겠습니다."

"……."

뼈아픈 여황의 결단에 강경하게 주장하던 발더스도 대답을 하시 못했다. 여황의 최고 심복이자 유모였던 테레사도 고개만 숙인 채 송구스러운 표정을 지을 뿐이다.

어쨌든 간에 이것으로 모든 것은 결정이 났다.

현자의 탑의 역사는 이것으로 끝이다. 사람들은 그렇게 생각했다.

그런데 그때, 대전 밖에서 광대 차림을 한 남자가 폴짝폴짝 뛰어 들어왔다.

우스꽝스러운 모습이지만 그가 바로 여황을 보호하는 비밀 호위 중 한 명인 크루크임을 이미 몇몇 사람은 알고 있었다.

"여황 폐하! 여황 폐하! 정령의 숲에서 바람이 날아왔어요! 라크가 큰 새를 타고 이곳으로 떠났답니다. 얼라? 새가 아니라 사잔가? 아무튼 그가 온데요!"

"아! 빛의 마법사가 온다고?"

여황의 얼굴에 기쁨의 감정이 나타났다.

그녀는 손을 내밀어 크루크가 들고온 보고서를 받아 읽어보았다. 정령의 탑에서 일어난 자세한 사건 경과가 그 안에 자세히 적혀 있었다.

이미 며칠 전에 라크가 정령의 숲으로 갔다는 소식은 들었다. 지하 대신전에서 무엇인가 성취를 이루었다는 보고도 받았다.

가나크가 돌아왔다고 해서 여황은 라크가 그에게 패배했거나 시간에 맞추어 돌아가지 못했다고 생각했다.

그런데 보고서를 보니 그게 아니었다.

라크는 가나크와 호각 이상으로 싸웠다고 한다. 그를 패퇴시켰다는 것이다. 마족의 힘을 사용하지 못했다고는 하나, 그 정도라면 다시 싸운다고 해도 패한다고는 볼 수 없다.

사실 알고 보면 여황과 라크는 같은 스승에게서 사사받은 사형제지간이라고도 할 수 있다.

전대의 탑주인 라시타가 그녀를 가르쳤다.

정식 제자는 아니고 나싱으로서의 힘을 발휘하기 위한 교육이었지만, 그래도 여황은 라시타를 스승으로 생각하고 있었다.

그리고 진화의 탑의 숙원인 빛의 마법을 구현해 낸 라크는 그녀에게 있어 선망의 대상임과 동시에 귀여운 사제이기도 했다.

"그가 온다면 틀림없이 가나크와 싸울 것입니다."

여황은 살짝 의자에 앉으며 말했다. 방금 현자의 탑을 폐쇄하겠다는 말은 철회하겠다는 뜻이다.

"너무 늦었습니다. 가나크는 오늘이라도 나싱을 소환할 것입니다. 여황 폐하를 그의 앞에 나서게 할 수는 없습니다!"

발더스는 다시 강하게 주장했다. 그는 여황이 위험에 처하는 것을 그냥 두고 볼 수 없었다.

가나크의 앞에 나서는 순간 영혼의 오염이 시작된다. 어쩌면 그 자리에서 가나크에게 잡혀 버릴지도 모른다.

"그렇겠지요. 잘못하면 전 세뇌당할지도 모릅니다."

여황은 순순히 발더스의 주장에 동의했다. 그리고 말을 이었다.

"일단 제 모든 권한을 동결하겠습니다. 만약의 경우, 황태자가 제 뒤를 이을 것입니다."

"폐하!"

사람들은 놀라 큰 소리로 그들의 주군을 불렀다. 그러나 여황은 손을 좌우로 한 번 저어 그들을 침묵시킨 후 다시 말했다.

"현자의 탑을 일방적으로 폐쇄시키는 것은 제국을 위험에 빠뜨리는 일입니다. 전 도저히 그런 일을 할 수 없군요. 나싱의 권한을 비롯해 모든 것을 황태자에게 넘기겠습니다. 그리고 저는 가나크의 앞에 서겠습니다."

"그, 그것은……."

여황의 결단에 발더스는 숨이 막히는지 말을 잇지 못했다.

"빛의 마법사에게 모든 것을 겁니다. 경들은 총력을 다해 그를 도와 가나크의 음모를 저지해 주세요. 보고에 의하면 빛의 마법사는 영혼의 오염을 정화시킬 수 있다고 하니, 일이 잘되면 저도 무사할 것입니다."

여황은 스스로 미끼가 되겠다고 말하고 있었다.

그녀의 말대로라면 가나크는 나싱을 소환해 세뇌를 시키는 것에 주력할 것이다. 마지막 탑인 소멸의 탑의 소유권을 얻을 수 있다고 믿을 것이 틀림없다.

그사이에 라크와 제국의 힘이 가나크를 제거한다면, 현자의 탑은 유지가 된다.

틀림없이 성공할 가능성이 높은 좋은 계략이라 할 수 있었다. 단지 그때 희생되는 사람이 제국의 황제라는 것이 문제인데, 당사자가 그걸 결정하다니!

사람들은 입이 막힌 듯 아무런 말도 꺼낼 수가 없었다. 여황의 박력에 압도된 것이다.

여황은 그런 모습을 보며 따스한 미소를 지었다.

몇 명 안 되는 사람들이지만 제국의 실세이자 진정한 충신들. 이들을 믿고, 빛의 마법사를 믿는다면 꼭 일은 해결되리라.

"그렇게 결정하기로 하고 경들은 모두 맡은바 일을 해주세요."

황제의 권위를 상징하는 지배자의 홀을 살짝 들어올리며 말하자 그것으로 모든 것은 결정되었다. 사람들은 고개를 숙이며 복명했다.

이틀 후, 사람들이 우려했던 대로 현자의 탑들이 기능을 멈추어 나싱을 소환하게 되었고, 나싱은 돌아오지 않았다.

동시에 현자의 탑은 외부인의 출입을 금하였다. 제국의 관리나 기사들도 들어갈 수 없었다.

명백하게 반역 행위라 할 수 있었다.

그러나 황실에서는 이렇다 할 행동을 하지 않았다. 적어도 겉으로는 조금도 움직이지 않았고, 시민들은 무슨 일이 벌어지고 있는지조차 몰랐다.

하지만 실제로는 제국의 모든 힘이 비밀리에 현자의 탑을 봉쇄하기 시작했다.

이미 대부분의 마법사들이 가나크의 노예가 된 이상 그들은 극도로 위험한 존재가 되었다.

일단 영혼의 노예가 된 자들은 주인이 죽은 이후에도 충성심이 변하지 않는다고 한다. 그렇기 때문에 정화를 하지 않으면 절대로 현자의 탑에서 벗어날 수가 없다.

제국의 4대 기사단이 움직였다.

포레스트 기사단은 도시 외곽을 둘러쌌고, 용기사단은 가장 안쪽의 경계를 맡았다. 블루 이글 궁기사단은 도시 안쪽 건물에 숨어들어 혹시라도 마법사들이 도시로 들어올 경우를 대비해 요격을 담당했다.

그리고 마지막으로 제국 최후의 힘이라는 고스트 기사단, 즉 황궁의 하렘에서 사는 여자 시녀들의 기사단은 단장인 테레사의 인솔하에 라크가 오기만을 기다렸다.

대마법력이 최상급인 마법의 갑옷을 소유한 그녀들이 라크와 함께 현자의 탑에 진입할 계획이었다.

그녀들의 임무는 라크를 중심으로 하여 가나크를 제거하는 것, 그리고 만약에 여황이 잡혀 있는 상황이 되면 여황을 구출하는 것이다.

"알겠지? 여황 폐하께 무슨 일이 일어나면 우리는 더 이상 존재할 이유가 없다."

테레사는 차가운 목소리로 단원들에게 말했다. 13명에 불과한 전원 여성의 기사단이지만 마법 무구의 힘으로 최대한 강화된 그녀들. 그녀들은 모두 굳은 결심의 눈으로 테레사를 보며 묵묵히 고개를 끄덕였다.

라크를 기다리는 자들은 모두 세 무리로 나눌 수 있는데, 그중 하나가 고스트 기사단이다.

그 외에 수도의 용병단의 정예도 대기하고 있었다. 수도 용병 길드의 수장인 카슈가 직접 그들을 골라 고용한 것이다. 그들은 적이 누군지, 이 일이 얼마나 위험한 일인지 정확히 알지 못했다. 단지 분위기를 보고 엄청나게 위험하다는 것을 직감적으로 느낄 뿐이다.

"이거 보수 보고 왔다가 쥐도 새도 모르게 죽는 거 아냐?"

"그럼 그렇지, 길드장이 언제 녹록한 일에 돈 쓰는 거 봤냐?"

"잔말 마라. 그래도 우리는 특급 용병 아니냐. 무조건 살아남는다! 알겠지?"

"그러니까 임무는 일단 둘째고, 살아남는 게 첫째지?"

"그건 당연하지. 하하하."

그들은 농담처럼 말했지만 실제로는 다른 어떤 용병들보다 임무의 완수 능력이 뛰어난 자들이었다. 그들의 임무는 아직 정해지지 않았다.

마지막으로 도둑 길드의 암살자들이 있다.

그들을 이끄는 자는 바바리안 전사 출신의 여성인 파라나였는데, 그녀는 요즘 여황의 주재로 그녀가 찾던 남자와 만나 결혼을 한 상태였다.

바바리안의 여성 전사는 결혼을 해야 한 명의 전사로 인정받는다. 왜냐하면 전투에 나서기 전, 남자가 몸에 그려주는 전사의 문양을 받아야 하기 때문이다.

그녀 역시 전투에 앞서 남편으로부터 전신에 주술적인 힘이 깃든 그림을 그려 받았다. 부부 간의 애정이 모든 것을 막아주는 힘이 된다. 불과 물을 두려워하지 않고 중갑옷과 마찬가지로 질긴 방어력을 가지게 되는 것이다.

"다 되었어."

남자가 땀을 닦으며 그렇게 말하자 파라나는 살짝 얼굴을 붉히며 옷을 입었다. 그리고는 무릎을 꿇고 남편에게 출정의 인사를 했다.

"다녀올게요. 당신의 정성과 일족의 명예를 더럽히지 않는 용감한 전투를 하겠습니다."

"너를 기다릴게. 돌아올 때까지."

"예……."

짧은 이별이 끝나자 파라나는 떠났다. 도둑 길드의 최고 암살자 수십 명과 함께. 그들은 살육과 암살에 대한 전문가! 마법사들의 목을 노릴 수 있는 가장 치명적인 무기라 할 수 있다.

스틸문의 시민들이 전혀 눈치 채지 못하고 있는 사이에 현자의 탑과 제국의 전쟁이 시작되려 하고 있었다.

Chapter 6

소멸의 탑

과 연 그리폰은 체력이 좋았다. 거의 하루 밤낮을 꼬박 날고서야 지상으로 내려가 휴식을 취했다.

'이런 식이라면 내일은 노착할 수 있겠군.'

라크는 거리와 시간을 계산해 보고 그렇게 예측했다.

끼룩.

그리폰이 라크에게 내리지 않을 거냐고 묻듯이 울었다. 쉬기 위해 지상에 내려왔는 데도 라크는 지금 그리폰의 등 위에 붙어 있는 상황이다. 그는 잠시 생각을 하다가 손으로 그리폰의 등을 툭툭 두드리며 말했다.

"난 그냥 네 위에서 잘게. 충분히 쉬면 다시 날아서 스틸문까지 가주렴."

그 말을 들은 뉴는 고개를 들어 라크를 보았다.

"라크, 또 반지 속으로 들어가려고요? 뉴."

"응, 혹시 무슨 일이 있으면 나를 지켜줘."

"알았어요. 뉴."

뉴는 몸으로 라크의 목을 감고는 꼬리를 살랑살랑 흔들며 라크보고 염려 말라는 눈빛을 보냈다.

반지 속으로 영혼이 들어가 버리면 육체는 무방비 상태가 된다. 각종 방어 마법을 걸어놓기는 해도 만약의 경우 강적이 나타나면 큰일이 날 수도 있는 것이다.

'하지만 뉴가 있으면 안심할 수 있지.'

뉴는 라크의 영혼에 신호를 보낼 수 있다. 덕분에 라크는 별 걱정 없이 반지 속으로 들어가려는 것이다.

라크는 뉴에게 고맙다고 말하며 한 번 손으로 쓰다듬고는 곧 정신을 집중하여 영혼을 분리시켰다.

아직까지는 영체 분리가 익숙하지 않아서인지 한참을 집중해야 겨우 벗어날 수 있었다. 그래도 일단 영체 상태가 되면 크기를 줄여 반지 속으로 들어가는 것은 힘들지 않았다.

"어디 보자. 오늘은 꼭 물질의 변환에 대한 비술을 익혀야 하는데……."

라크는 연구실 벽에 새겨진 주문들을 보고 또 보며 계속해서 연구를 했다. 쉽게 이해할 수 있는 부분도 있고, 이해는 해도 익힐 수 없는 부분도 있었다. 시간을 들여 모두 익숙하게 익히고는 싶었지만 지금은 상황이 급해서 그럴 여유가 없다.

마법 효과의 적아 구분법도 스프를 완전히 흡수할 때까지 익힌 것이다. 그리고 지금 라크가 연구하고 있는 것은 물질 변환에 관한 것이었다.

그것은 현자의 돌을 만들기 위한 이론과도 비슷했는데, 마나를 이용해 물질을 다른 성질로 바꾸는 비술이었다.

라크는 이미 빛의 마법을 사용하여 불을 얼음으로 바꾸는 등 마나의 속성을 자유롭게 변화시킬 수 있다. 그러나 철을 나무로 바꾸는 것은 불가능했다. 일시적으로는 변화시킬 수 있어도 영원히 바꾸는 것은 불가능하다.

그런데 연구실의 벽에는 그것을 가능하게 하는 방법이 적혀 있었다. 놀랄 만한 점은, 그 일부분에는 빛의 마법을 이용하지 않고 마나의 속성을 바꾸는 법도 있었다는 점이다.

그 외에도 물질을 마나로 바꾸는 것도, 그 반대로 바꾸는 것도 가능하다. 그게 기존의 방식과는 조금 달라서 사람의 피를 불로 바꿀 수도 있었다.

라크는 이 부분에서 피의 마법의 기초 이론이 바로 이것과 상통한다는 것을 깨달았다. 알고 보면 이 연구실의 벽에는 현재의 상위 마법에 대한 이론이 모두 적혀 있는 셈이다.

"결국 대마녀 티모라는 모든 상위 마법의 이론에 대해 거의 다 생각해 내었다는 소리가 되는군."

라크는 감탄할 수밖에 없었다. 이 정도가 되면 넘을 수 없는 산이 아니라 끝없이 펼쳐진 하늘을 보는 기분이라 할 수 있었다.

하지만 정작 그녀는 빛의 마법은 익히지 못했다. 그것은 타고난 자만이 익힐 수 있는 마법이었기에.

반면에 라크는 빛의 마법을 사용할 수 있다. 문제는 그녀가 이론적으로 만들어놓은 빛의 마법도 모두 익히지 못했다는 점이다.

특히 마지막에 적혀 있는 구절,

그림자가 없는 빛을 만들어낸다면, 확실히 빛의 마법을 이루어냈다고 할 수 있다.

이게 무슨 뜻인지는 알 수가 없었다.

어떤 빛을 만들어내더라도 그림자는 생겨난다. 빛을 만들되 그림자를 지우는 방법이 있을까?

"후우, 결국 내가 그녀보다 나은 점은 타고난 체질뿐이라는 건가?"

문득 자격지심을 느끼는 라크였다. 어쨌거나 상대는 아크메이지. 마법을 집대성한 자이다.

라크는 곧 마음을 비우고 다시 연구에 몰두하기 시작했다.

그가 찾고 있는 것은 바로 그림자의 제어였다. 파라타의 앞에서는 큰소리를 쳤지만, 사실 상대가 자신의 몸에 접촉하면 안 된다는 제약은 정말로 크다. 하지만 가나크가 접촉에 의해 그림자의 주도권을 빼앗을 수 있는 이상 그와 접촉해서는 절대로 안 된다.

그걸 해결할 방법은 없는가? 라크는 계속해서 연구실의 주문들을 살피며 생각해 보았지만 아직까지는 방법을 찾지 못했다.

물질 변환에 대한 연구를 집중적으로 살피는 것은 바로 그림자를 다른 것으로 바꿀 수 있을까 하는 데에서 비롯되었다. 그러나 그림자는 속성이 있는 것이 아니고, 물질적인 것도 아니다. 변화가 불가능했다.

"으음, 방법이 없을까?"

무엇인가 좋은 방법이 있을 것도 같았다. 이게 해결되면 가나크와 싸워 이길 것 같은 느낌이 들었다. 그러나 아련한 무엇인가가 머릿속에서만 맴돌 뿐, 그게 형상화되지는 않았다.

"으으으, 모르겠군!"

라크는 탄식을 했다.

"라크, 스틸문에 도착했어요. 이만 나오세요! 뉴."

"아! 벌써 스틸문에?"

머릿속에 울려 퍼지는 소리에 라크는 고민하던 것을 멈추고 얼른 반지의 연구실 밖으로 나왔다. 과연 아래쪽으로 보이는 지평선 끝에는 거대한 도시의 모습이 펼쳐져 있었다.

대륙에서 가장 큰 도시, 가이안 제국의 수도 스틸문이었다.

고민하는 사이 하루가 다 지나가 버린 것이다.

"일단 내려가자."

라크가 그리폰의 목을 툭툭 치며 그렇게 말하자 그리폰은 바로 알아듣고 급강하하여 근처의 숲에 내려섰다.

라크는 몸에 걸린 밀착 마법을 풀고 그리폰의 몸에서 뛰어내렸다. 만 이틀을 붙어 있어서 그런지 허리가 뻐근하고 다리도 저렸다.

육체에서 상당한 피로가 느껴졌다. 그래도 뉴가 몸을 보호해 준 덕분에 움직이지 못할 정도는 아니었다.

뉴는 라크의 몸속에 조금씩 마나를 흘려 넣음으로써 라크의 몸이 굳지 않도록 했다. 완벽하지는 않아도 어느 정도까지는 확실하게 효과가 있었다.

"후우."

심호흡을 하여 몸속에 남은 독기를 몰아낸 라크는 잠시 명상을 하며 몸속을 관조했다. 그것만으로도 몸의 피로는 완전히 풀렸다.

영체 분리가 가능해진 시점에서 라크는 언제든지 자신의 몸을 제어할 수 있게 된 것이다.

그사이 그리폰은 끼룩, 하고 한 번 울고는 다시 하늘 저편으로 날아가 버렸다. 자신이 할 일은 다했다는 듯했다.

라크는 잠시 주변을 둘러보아 위치를 확인했다. 스틸문의 남쪽 숲인 것 같았다. 날아오는 동안 방향이 약간 남쪽으로 치우쳤던 모양이다.

라크는 북쪽을 보았다. 스틸문의 외곽 성벽이 아련하게 보였다. 그 뒤로도 다시 두 겹의 내성 벽이 세워져 있다.

일반 왕성 수도와는 차원이 다르다. 규모로 치면 적어도 여덟 배의 넓이이다. 그리고 그중 일부가 바로 현자의 탑이다. 일곱 개의 탑이 세워져 있는 마법사들의 마음의 고향이다.

"가자, 뉴."

라크는 눈도 돌리지 않고 그렇게 말하고는 걸음을 옮겼다.

뉴는 라크의 어깨 위에 올라탄 채 라크가 보는 방향을 같이 보았다. 뉴는 알 수 있었다. 라크가 무엇인가를 느끼고 있다!

성벽을 보는 것이 아니라 그 안의 무엇인가를 보고 있었다. 그것이 무엇인지는 가보아야 알 수 있을 것이다.

　　　　　　*　　　　　*　　　　　*

　"나싱이 여황 폐하라는 것도 놀라운 일이지만, 그보다 더 중요한 것은 그분이 소멸의 탑의 소유권을 포기했다는 겁니다."

　"그렇군요. 모처럼 우리 편이 되어주셨는데, 정작 중요한 탑의 소유권이 없다니 말입니다."

　"하지만 다른 비밀은 모두 알아냈습니다. 이 정도면 소멸의 탑에 침투해도 탑이 극단적인 움직임을 보이지는 않을 겁니다."

　가나크는 세 고위 마법사의 말을 잠자코 듣고 있었다.

　이것은 분명 그의 실수라 할 수 있었다. 모처럼 나싱이 나타났다는 기쁨에 그녀가 정말로 나싱인지 아닌지 확인해 보지도 않고 제압해 버렸다.

　그녀가 가짜라는 것을 알고 그냥 돌려보냈다면 진짜 나싱, 즉 현재의 황태자가 나타났을 것이다. 그게 맹약이니까.

　그런데 여황이 직접 나타나자 그들은 그녀가 가짜라는 생각은 미처 하지 못하고 그녀를 잡고야 말았다. 이것으로 맹약을 깬 것은 바로 현자의 탑 쪽이 되었다.

　모든 일은 벌어진 다음에야 그 심각성을 알게 된다. 세뇌를 시킨 나싱의 입에서 제국의 모든 힘이 이곳을 봉쇄할 것이라는 말을 듣고는 사람들은 기가 막혀 할 말을 잃었다.

그나마 황태자가 아직 마력이 약해 소멸의 탑을 가동시킬 수 없기에 망정이지, 아니었다면 현자의 탑은 그대로 붕괴될 뻔했다.

지금 대책 회의에 참여한 사람들은 소멸의 탑을 강제로 손에 넣을 것을 주장하고 있었다. 그래야 일곱 개의 탑을 모두 동원한 대륙 규모의 마법진이 발동될 수 있기 때문이다.

그러나 가나크는 잠시 고민을 하다가 그들에게 말했다.

"소멸의 탑을 소유하는 것은 뒤로 미루는 게 좋겠습니다."

"예? 하지만 일곱 개의 탑이 모두 모이지 않으면 마법진의 힘은 극도로 약해집니다."

"그렇지요. 그래도 현자의 탑과 주변 지역까지는 범위에 넣을 수 있지 않겠습니까?"

"그럴 겁니다. 원래 동원된 마나가 막대한 민큼 스틸문이 절반 정도는 영향을 끼칠 것입니다."

일곱 개의 탑을 모두 동원하면 대륙 전체인 데 반해 하나가 빠진 여섯 개의 탑으로는 제국 수도도 다 포함하지 못한다. 그야말로 형편없이 약해진다고 할 수 있다.

하지만 가나크는 상관없다는 듯 고개를 끄덕였다.

"그것으로 충분합니다. 제국의 수도만 손에 넣을 수 있다면 대륙 전체를 얻는 것과 크게 다르지 않습니다."

"오오!"

듣고 보니 그랬다. 현재 현자의 탑 근처에 집결해 있는 자들은 그야말로 제국의 정예 중에 정예! 이들이 모두 아군이 된다면 현자의 탑은 대륙 최강의 세력이 된다.

그리고 일단 제국을 손에 넣으면 황궁의 보물 창고에 있는 모든 재료들을 긁어모아 다시 마법진을 만들면 된다. 그때야말로 대륙 규모의 효력을 발휘하는 마법진이 가동될 것이다!

가나크는 다시 말했다.

"중요한 것은 시간. 소멸의 탑을 강제로 제압할 여유는 없습니다. 마법진을 약간 변경합니다. 그럼 내일 저녁에는 활성화시킬 수 있을 겁니다."

"그렇게 하겠습니다."

"허허허, 우리를 공격하려던 자들에게 제대로 한 방 먹여 줄 수 있겠군요."

"모처럼 밤을 새워서 일해야 하는 순간이 왔군요."

해결책이 제시되자 고위 마법사들은 크게 힘이 나는 듯 저마다 웃음을 지으며 자리에서 일어났다. 한시도 지체할 수 없다는 투였다.

사람들이 모두 나가자 가나크는 자리에 앉은 채로 양다리를 탁상 위에 올렸다. 그리고는 등받이에 몸을 기댄 편한 자세로 고개를 들어 천장을 보았다.

천장에는 곧 한 사람의 얼굴이 떠올랐다. 시르카, 왠지 모르게 자꾸만 그녀가 생각났다. 기억 속에 감정이 담겨 있기 때문일까?

"이럴 줄 알았으면 무리를 해서라도 데려오는 건데 말이야. 하하하."

당분간은 그녀를 볼 수 없다. 이번에 싸우게 되면 완벽하게 제압해서 그림자와 바꿀 수 있다는 보장이 없기 때문이다. 잘못하면 죽어버린다. 일단 죽이면 살릴 수는 없다.

"조금만 기다려 줘. 그대가 그림자와 바뀌면, 그때는 내 감정에 솔직해질 수 있을 테니까."

가나크는 그렇게 중얼거리며 잠시 생각에 잠겼다가 자리에서 일어나 작업을 하러 갔다. 마법진을 내일 저녁까지 완성시키려면 정말로 밤을 새워서 일을 해야 했다.

*　　　*　　　*

라크는 숲에서 어떻게 스틸문 안으로 들어갈까를 생각하고 있었다. 그냥 들어가도 되지만 아무래도 현자의 탑 안으로 몰래 들어가지 않으면 곤란할 것 같았다.

수많은 마법사들을 혼자서 상대할 수는 없다. 상대할 수 있다고 하더라도 살육은 원치 않았다.

"몰래 들어가서 딱 가나크만 때려잡을 수는 없을까?"

"무리가 아닐까요? 다른 마법사들 모두 그쪽 편이 되어 있을 텐데요. 뉴."

"아무래도 그렇겠지?"

"네, 그냥 들어가서 싹 쓸어요. 뉴."

"이럴 땐 네가 마수라는 사실을 실감하게 돼."

"전 라크의 본능과 무의식에서 성격과 지식을 배웠는걸요. 뉴."

"응, 그건 알아."

둘은 계속해서 의논을 해보았지만 뾰족한 수가 없었다.

클라우드라도 있었다면 지하 수맥을 이용하는 방법에 대해 물어보겠지만 그는 이미 어디론가 잠적해 버렸다. 상황이 좋아질 때까지는 절대로 나오지 않을 것 같은 느낌이 들었다.

"어쩔 수 없지. 가자."

라크는 결국 정문으로 들어가기로 결심하고는 뉴를 다시 어깨 위에 태우고 걷기 시작했다. 그러나 막 걸음을 옮기려 할 무렵, 성문 쪽에서 일단의 무리가 나와 라크를 가리키며 외쳤다.

"저기 있다!"

"얼라? 나를 찾는 사람들?"

누군가 하고 보니 어디선가 많이 보던 얼굴들이다. 라크는 얼굴에 웃음을 띠며 그들을 맞이했다.

"카슈! 어떻게 제가 오는 줄 알고 있었죠? 파라나님도 오랜만이에요. 다른 분들은 처음 뵙는 것 같은데 소개해 주시겠어요?"

"이봐! 빨리 좀 오지 너무 늦었잖아. 얼마나 기다렸는지 알아?"

대뜸 윽박지르듯 하는 말이었지만 카슈의 얼굴에는 반가운 표정이 역력했다.

"저를 기다린 건가요?"

"그래, 지금 스틸문에서는 난리가 났어! 다 너 때문이라고!"

"전 스틸문에서 사고를 친 기억이 없는데요?"

있다. 빛의 탑에 잠입해서 가나크와 싸우고 탈출한 것이 바로 얼마 전이다. 그러나 지금 카슈가 말하는 것은 그것과 상관없을 터이다. 라크는 태연한 얼굴로 물었다.

카슈는 기가 막힌다는 표정을 지었다. 그리고는 우물가에서 물을 뜨다가 수다를 떠는 중년 아줌마와도 같은 속도로 빠르게 말했다.

"여황 폐하가 결국 가나크에게 잡혀가셨다. 4대 기사단이 모두 출동해서 대기하고 있는데 현자의 탑은 문을 걸어 잠그

고 아무도 나오질 않아. 이게 다 네가 온다고 해서 생긴 일이
란 말이다. 그런데 어디서 한눈을 팔다가 이제 온 거냐?"

"으윽, 잘 이해가 되지 않는 얘기네요. 그리고 전 정말 빠
르게 온 것이란 말입니다."

"시끄럽다. 이제 어떻게 할 것인지 말해라. 네놈이 움직이
는 걸 알아야 우리도 움직이지."

라크가 황당해하든 말든 카슈는 어디까지나 자신의 관점
에서 신나게 쏘아붙이고 있었다. 어찌 보면 그간의 긴장을 이
렇게라도 해소하려는 것 같기도 했다.

라크는 더 이상 카슈와 이야기를 해봐야 별 소용이 없음을
깨달았다. 그는 속으로 한숨을 삼키며 정중한 태도로 주위를
둘러보며 말했다.

"저, 카슈님 말고 사정을 정확하고 냉정하게 말씀해 주실
분은 안 계십니까?"

그러자 곧바로 카슈의 옆에 서 있던 기사 한 명이 앞으로
나섰다.

"본인은 로얄 기사단장인 발더스라고 하오. 내가 설명을
하겠소."

"아! 용전사 발더스 경이시군요. 여황 폐하만을 호위한다
는 분께서 이곳에 계신 것을 보니 정말로 여황 폐하께서 가나
크에게 잡혀간 것입니까?"

"그렇소."

발더스는 그야말로 차분하게 하나하나 일의 경과를 설명했다. 횡설수설하던 카슈와는 전혀 다르게 전후 사정을 정확하게 파악할 수 있는 설명이었다.

"그래서 결국 우리는 라크 경의 계획에 따라 움직이기로 했소. 만약 경이 그것을 원치 않는다면, 우리가 나름대로 세운 계획으로 현자의 탑을 공격할 것이오."

"그렇게 된 것이군요."

라크가 비로소 이해가 간다는 듯 고개를 끄덕이자 옆에 있던 중년의 여자가 말을 이었다.

"그래요. 그대는 마법사이고 영혼의 오염을 정화시킬 수 있는 유일한 사람이니 방법이 있다면 말해주세요."

발더스의 소개에 의하면 그녀는 황궁의 시녀장이었는데, 라크는 그녀가 왜 이곳에 있는지를 잘 이해할 수가 없었다.

그러나 적어도 그녀가 보통 사람이 아니라는 것은 라크의 본능이 느끼는 경각심이 말해주고 있었다. 대륙에서도 최고의 기사로 인정받는 발더스에 비해 강하면 강했지 절대 약하다고 볼 수 없었다.

라크는 잠시 생각을 정리했다. 미처 생각지 못했던 사태다. 여황이 스스로 가나크의 앞에 나서서 잡히다니? 시간을 벌기 위한 가장 효과적인 방법임에는 틀림없지만, 지배자의 정점에 서 있는 사람이 할 행동은 아니다. 그러나 그녀는 했다.

라크는 여황을 죽게 할 수 없다는 생각을 했다. 그러나 곧 다시 생각을 정리하고는 정색을 하고 사람들에게 말했다.

"여러분께서 원하시는 것이 여황 폐하의 구출입니까, 아니면 가나크의 제거입니까?"

"그게 다른가요?"

"다릅니다. 어느 것을 우선해야 하는지는 중요한 문제입니다."

"그건……."

테레사는 말을 잇지 못했다. 이 둘이 다를 수도 있음을 이제야 깨달은 것이다. 라크가 성공하면 여황도 무사히 구출되리라 생각했던 테레사로서는 충격이 아닐 수 없었다. 아니, 사실 애써 외면하려고 했던 현실을 단지 지금 지적당한 것인지도 모른다.

그때, 카슈가 그답지 않게 정색을 하고 말했다.

"내가 받은 계약서에 의하면 가나크의 제거가 최우선이다. 여황 폐하께서는 스스로의 생명을 희생해도 좋다고 확실하게 계약서에 명기하셨다."

"그렇습니까?"

라크가 다짐이라도 하듯 조용히 되묻자 카슈는 얼굴을 일그러뜨리며 거의 절규에 가까운 어조로 대답했다.

"그래, 젠장. 하지만 난 그럴 수가 없단 말이다!"

사실 죽은 여황의 남편은 카슈의 둘도 없는 친구였다.

그런 친구가 여황을 위해 죽으면서 마지막으로 카슈에게 남긴 편지에는 그녀를 도와 달라는 내용이 적혀 있었다.

당시 여황의 호위 기사였던 제임스가 그 때문에 스스로 로얄 나이트를 나와 특급 용병으로 수년간이나 방황했고, 카슈는 그런 그를 받아들였다. 상처 입은 사람들끼리 거친 위로를 하며 지냈다.

그런데 지금 여황의 목숨이 위태롭게 되었다.

카슈는 원래 용병 마스터이자 길드장으로서 항상 손익을 냉정하게 생각해야 한다. 계약서의 내용대로 철저하게 가나크의 음모를 분쇄하는 데 모든 힘을 쏟아야 한다. 하지만 지금은 친구의 아내를 구하기 위해 스스로의 목숨을 걸었다.

테레사도 강렬한 눈빛으로 라크를 보며 말했다.

"폐하께서 그렇게 말씀하셨다면 명을 따라야 하겠지요. 하지만 저는 폐하의 유모로서 어릴 때부터 그녀를 모셔온 몸, 그분이 돌아가시면 저만 남고 싶지 않군요."

라크는 그녀를 보았다. 여황의 나이는 카슈와 비슷한 것으로 알고 있다. 그런데 30대로 보이는 이 여자가 여황의 유모라니? 적어도 나이가 70 정도는 되어야 이야기가 맞다.

'마스터인가? 강력한 마나의 힘으로 몸의 젊음을 되찾은? 무서운 아줌마였군.'

대륙이 넓다고 해도 마스터의 경지에 오른 무인은 세 명에 불과하다. 그중 한 명인 발더스와 함께 숨겨져 있던 여성 마스터가 나타난 것이다.

"상황이 이렇소. 이제 경의 계획을 알려주시오."

마지막으로 정리하듯 다시 발더스가 나서서 물었다.

라크는 다시 입을 다물고 생각에 잠겼다. 숲은 조용했고, 다른 사람들도 숨소리 하나 내지 않고 라크가 말을 하기를 기다렸다.

"알겠습니다. 그럼 이렇게 하지요."

"좋은 계획이 있나?"

카슈가 눈을 빛내며 묻자 라크는 살짝 고개를 저었다.

"계획은 모르겠고, 시간이 없다는 것은 알겠습니다."

"무슨 소리지?"

"이곳으로 오면서 저는 여황 폐하가 가나크의 소환을 거절하고 소멸의 탑을 가동시킬 것이라고 생각했습니다. 그럴 경우 마법사들이 날뛰겠지만, 어쩔 수 없는 상황이었으니까요."

"우리도 그렇게 생각했었다."

"하지만 일이 이렇게 된 이상, 가나크는 마법진을 발동시킬 것입니다."

"여황 폐하는 소멸의 탑을 움직일 수 없어. 이미 모든 권리를 황태자 폐하께 넘겼다고!"

"그렇지요. 가나크라고 해도 소멸의 탑을 손에 넣으려면 시간이 걸립니다. 그리고 그 위에 마법진까지 만들려면 며칠은 걸립니다."

"그래서?"

"그런데 보다시피 제국과는 일촉즉발의 상황, 시간이 그렇게 많지 않습니다. 여황 폐하가 가나크에게 넘어갔으니 우리가 이렇게 만나서 움직이는 것까지도 그는 모두 알았겠죠. 그럴 경우 가나크는 어떻게 할까요?"

"어떻게 하다니?"

"제 생각에는 소멸의 탑을 뺀 남은 여섯 개의 탑으로 마법진을 발동시킬 것 같습니다. 소멸의 탑에 마법진을 설치하지 않고 기존의 것을 조금 변형하는 겁니다. 그럴 경우 효력은 확실하게 약해지겠지만 시간은 단축됩니다."

"그게 가능하냐?"

"가능할 겁니다. 그리고 마법진의 정체는 대충 예상하고 있는 게 있습니다."

"뭐지?"

"사람과 그림자를 바꾸는 마법진일 겁니다. 가나크가 가장 원하는 건 바로 자신과 같은 동지들일 테니까요."

"아!"

"그렇다면 마법진이 발동하면 사람들이 그림자로 변하고, 그림자가 사람이 된단 말이냐?"

"그렇습니다. 그리고 여섯 개의 탑의 힘이라면 수도의 대부분을 마법진의 영향력 아래 놓이게 할 수 있을 겁니다."

"그런!"

사람들은 라크의 말에 아연실색하여 서로의 얼굴을 보았다. 분노가 지나치자 오히려 냉정해지는 것일까? 그들은 화난 기색도 없었다. 라크는 다시 말했다.

"마법진은 달이 뜰 때 활성화시키는 것이 기본입니다. 오늘은 이미 늦었고, 어쩌면 내일이나 모레 밤에 발동될지도 모릅니다."

"으으으! 가나크! 즉시 기사단을 총동원하여 현자의 탑을 칩시다. 난 그림자가 되기는 싫소."

발더스가 눈에서 사나운 안광을 내뿜으며 말했다. 드디어 그는 흥분해 버렸다.

거기에 라크가 찬물을 끼얹었다.

"여황 폐하는 어떻게 합니까?"

"뭐라고?"

"아마 군대가 출동하면 마법사들이 나와서 막을 겁니다.

그리고 그 선두에는 여황 폐하가 서 계시겠죠."

"크윽!"

이제야 그들은 어째서 라크가 가나크와 여황의 우선 순위를 물었는지를 알았다. 가나크는 틀림없이 여황을 시간을 벌기 위한 방패로 쓸 것이다. 가나크를 제때 처치하려면 여황을 죽여야 하는 것이다. 기사의 손으로 여황을!

발더스는 충혈된 눈으로 라크를 노려보았다. 치밀어 오르는 분노를 참기 어려운 듯했다. 그러나 그는 필사적으로 흥분을 가라앉히고 라크에게 물었다.

"방법은 없는가?"

"소멸의 탑의 내부 구조에 대해 아십니까?"

"그건 제가 좀 알아요. 여황 폐하를 따라 몇 번 들어가 봤어요."

테레사의 대답이 있고서야 라크는 겨우 고개를 끄덕였다.

"그렇다면 방법은 있습니다. 서블이 마법진을 기동하기 전에 우리가 먼저 소멸의 탑에 들어가 탑을 소유하는 겁니다."

"하루나 이틀 안에 소멸의 탑? 그건 불가능하다!"

"가능합니다. 모든 함정을 몸으로 받아내며 상층부까지 올라간다면 반나절 안에 탑에 오를 수 있을 겁니다."

"함정을 해제하지 않고 몸으로 받아낸다고?"

"살아남기 어려운 방법이지만요."

미소 짓는 라크, 그의 미소에는 진심이 엿보였다. 원래대로라면 탑에 침입할 경우 극도의 주의를 기울여 그 안의 마법 함정들을 하나하나 해체해 나가야 한다.

아무리 내부 구조와 대략적인 함정을 알고 있다 하더라도 그걸 무시하고 전진하다가는 고위 마법사라고 해도 감당할 수가 없다. 탑은 고위 마법사를 탄생시키기 위한 거대 마법진이고, 반쯤은 살아 있다고 봐야 하는 괴물 급 건축물이기 때문이다.

"으음, 그건 정말로 위험한 방법이로군요."

발더스도 그런 무지막지한 일만큼은 하고 싶지 않은지 신중한 목소리로 말했다. 그러나 라크는 손가락을 까닥이며 말을 이었다.

"이 경우 좋은 점이 하나 있습니다."

"좋은 점? 그게 뭐냐?"

"우리가 일단 올라가면 가나크가 뒤늦게 알아차리고 쫓아오더라도 우리와 마찬가지로 함정을 몸으로 다 받아내야 한다는 것입니다."

"오호~ 그러니까 우리가 힘든 만큼 가나크 놈도 힘들단 말이지?"

"그렇습니다. 그리고 만약 그가 뒤쫓아 온다면, 우리는 즉시 돌아서서 그를 제거할 수도 있습니다."

"하지만 만약 가나크가 폐하를 앞세운다면요?"

"그게 가장 좋은 경우입니다. 아마 소멸의 탑은 여황 폐하를 기억할 겁니다. 그렇지 않습니까?"

"그건 그렇소. 폐하를 거부하기는 해도 공격은 하지 않을 가능성이 높소."

발더스의 말에도 일리가 있었다. 여황은 어디까지나 여황, 제국의 수장이기에 현자의 탑의 방어 마법진은 그녀를 알아본다. 특히 소멸의 탑은 전 주인이었던 그녀를 더욱 잘 기억할 것이기에 공격에 어느 정도 사정을 둘 것이다.

"만약 그럴 경우, 우리는 힘을 합쳐 여황 폐하를 제압해야 합니다. 일단 제압을 하면 제가 폐하의 영혼을 정화시키겠습니다. 적어도 더 이상 가나크의 뜻대로 움직이지는 않으실 겁니다."

"그게 가장 좋은 방법 같군."

"역시 마법사네요. 필요할 때에 필요한 방법을 생각해 내는군요."

지금까지 여황의 가장 큰 짐이자 약점이었던 소멸의 탑이 이제는 가나크의 약점이 되게 되었다.

사람들은 목숨을 걸고 탑 안에 들어갈 필요를 느꼈다. 그들은 더 이상 반대를 하지 않았다. 오히려 적극적으로 이 일을 추진하기로 합의했다.

탑에 잠입할 사람은 모두 다섯. 라크를 비롯해 발더스, 테레사, 카슈, 그리고 파라나였다.

가장 실력이 떨어지는 것은 파라나였는데, 그녀의 경우 전사의 문양이 최강의 마법 방어력을 발휘하기에 탑에 들어가 살아남을 가능성이 상당히 높았다.

그리고 황궁의 비밀 통로는 이미 막혔기 때문에 현자의 탑에 들어가기 위해서는 다른 통로를 찾아야 한다. 파라나는 도둑 길드의 소속으로, 도둑 길드가 만들어놓은 현자의 탑으로의 비밀 통로를 알고 있었다.

"가요. 하수구가 수도의 모든 장소와 이어져 있다는 것을 보여줄게요."

거구의 파라나는 그녀에게 어울리는 전투 도끼를 휙, 하고 휘두르고는 몸을 웅크려 바닥에 있는 하수구 구멍으로 몸을 날렸다. 그렇게 잠입 작전은 시작되었다.

*   *   *

현자의 탑의 일곱 탑은 소멸의 탑을 중심에 놓고 나머지 여섯 탑이 육망성을 이루는 식으로 위치해 있었다.

콰콰쾅!

"앗! 무슨 소리지?"

"소멸의 탑 쪽이다!"

마법사들은 놀라서 폭발음이 들려온 곳으로 시선을 모았다. 지축을 울리는 굉음은 그야말로 현자의 탑 전체에 울려 퍼질 정도로 컸다. 그리고 가까이에 있던 사람들은 보았다. 소멸의 탑의 정문이 완벽하게 파괴되어 있는 것을!

"침입자다!"

"어떻게 이런 일이?"

마법사들은 놀라 소멸의 탑 쪽으로 달려갔다. 그러나 일정 거리 이상은 접근이 불가능했다.

소멸의 탑 주변에 쳐져 있는 마력장은 역주문 결계로, 그 안으로 들어가면 마법을 쓸 수가 없다. 강력한 마법사라면 어떻게든 그것으로부터 벗어날 수 있을 터이지만, 그렇다고 해서 그 안에 설치되어 있는 다른 함정들마저 피할 수 있다는 보장은 없었다.

"어떻게 하지?"

마법사들은 적절한 대책을 생각해 내지 못하고 주변의 동료들을 바라보며 머뭇거렸다. 그때 한쪽에서 달라스가 나타났다.

"무슨 일이냐?"

"소멸의 탑에 침입자가 있습니다."

"뭐라고!"

큰일이다. 무척 큰일이다!

달라스는 급히 자신의 지팡이 위에 앉아 있는 부엉이를 날려 보냈다. 그의 패밀리어로 사람의 말을 알아듣고, 또 말까지 할 수 있는 능력이 있었다.

부엉이는 그대로 가나크가 있는 빛의 탑으로 날아갔다. 그리고 입구에서 외쳤다.

"가나크님! 소멸의 탑에 침입자가 나타났답니다!"

쾅!

문이 거칠게 열리며 가나크가 나타났다. 그는 인상을 팍, 찡그리고는 이를 갈며 중얼거렸다.

"약점을 찔렸군. 젠장, 이 생각을 왜 미처 못했지?"

그는 그대로 달려나갔다. 일단 달리면서 생각했다.

이런 일을 할 사람은 정해져 있다. 또 하나의 자신, 라크! 그가 온 것이다.

라크는 혼자 들어갔을까? 그럴 리 없다. 조력자가 있을 것이다. 어떻게 할까?

떠오르는 생각은 많았다. 그러나 결론은 하나! 가나크는 부엉이에게 외쳤다.

"머시에게 여황을 데리고 오라고 전해!"

부엉.

부엉이는 짧게 대답하고는 다시 규칙의 탑으로 날아갔다.

바쁜 하루라고 투덜대면서.

"괜찮겠습니까? 이렇게 소란을 피우고 들어와도."

"소리가 크면 클수록 좋습니다. 가나크가 아마 마음 편하게 마법진이나 만지고 있지는 못할 겁니다."

라크의 말에 테레사는 미소를 지었다. 그러나 앞쪽에서는 카슈가 거친 목소리로 외쳤다.

"잡담하지 말고 어서 도와! 나 죽는다!"

카카카카카캉!

여덟 개의 커다란 칼이 허공에 떠서 쉬지 않고 칼질을 하고 있었다.

발더스가 다섯 개를, 그리고 카슈가 세 개를 맡아 싸우고 있었는데 뭘로 만들었는지 발더스의 오러 소드나 카슈의 데이 블레이드의 위력에도 잘 부서지지 않았다.

무엇보다 워낙 크고 거세서 한 번 칼날을 받아낼 때미다 뼈마디가 울리는 듯했다. 아무리 마스터라고 해도 산이 붕괴되면 깔릴 수밖에 없는 것처럼 상대의 힘이 강하면 압박을 받게 된다.

"기다려요. 지금 일시 정지 마법을 걸 테니 그때 달려야 합니다."

"빨리 해!"

라크는 잡담을 하면서도 손으로 룬어의 수식을 그려 마나를 움직이고 있었다. 이미 입으로 주문을 외우지 않아도 마법을 시전할 수 있는 경지에 오른 것이다. 그리하여 몇 초 지나지 않아 마법이 완성되었다.

일시 정지! 생물들의 시간을 정지시키는 마법이다. 마법 생명체에게도 효과가 있다.

파앗!

섬광과 함께 허공에 떠 있는 칼들이 멈췄다. 시간이 정지된 듯 떠 있는 채로 조금도 움직이지 않았다.

원래는 범위 내에 있는 카슈와 발더스도 정지해야 한다. 최고의 마법 중 하나인 일시 정지 마법은 원래 적과 아군을 가리지 않는 단점이 있다. 그러나 라크에게는 적을 가리는 것이 가능했다.

이제 칼을 건드리지만 않으면 당분간은 움직이지 않을 것이다.

"어서 달려요! 딱 10초 유지됩니다."

당분간은 딱 10초였다. 일행은 즉시 달렸다.

"어디까지 달리면 되는데?"

카슈가 달리면서 물었다.

"다음 함정이 나타날 때까지!"

"이놈아! 그럼 죽잖아!"

"버텨요!"

쾅! 화르르르륵—

"아아악!"

계단의 바로 앞까지 갔을 때였다.

갑자기 사방의 벽이 터지며 불꽃과 용암이 터져 나오자 카슈는 비명을 질렀다. 그러나 그의 검은 그럴 줄 알았다는 듯이 눈부시게 움직였다.

검이 우우웅, 하는 소리를 내며 불꽃을 가르고 용암을 튕겨내었다. 일시적으로 폭포도 막아낸다는 블레이드 월의 수법이었다.

발더스도 오러를 넓게 퍼뜨려 방패처럼 만들어 정면에 섰다. 그리고 다른 한쪽 부분은 파라나가 뛰어들어 몸으로 막았다.

치이이익!

불로 지지는 소리가 들렸지만 파라나는 인상 한 번 찡그리지 않았다. 놀랍게도 문양이 살짝 움직이더니 그녀의 몸에 붙은 용암을 털어내고 불에 그을린 피부는 재생했다.

카슈는 살았다는 듯이 고개를 흔들며 중얼거렸다.

"크으, 탑 안에서 용암이 뿜어져 나오다니."

"저, 제가 알기로 계단마다 계속 터지는 걸 거예요. 계단 자체도 터진다는 것 같았는데."

테레사가 차마 말을 하지 못하겠다는 듯 머뭇거리며 말했다. 그 말에 카슈의 안색이 변했다. 그는 고개를 획, 하고 돌려 라크를 보았다.

"또 일시 정지시키면 안 되겠냐?"

"소용없어요. 생물들에게만 통하는 거라서 이런 함정에는 안 통합니다."

"그럼 다른 쓸 만한 마법은?"

"뉴! 통과할 수 있겠니?"

"그러죠. 뉴."

뉴는 라크의 말에 즉시 몸을 허상으로 바꿔서 계단을 뛰어 올라갔다. 과연 라크의 예상대로 허상에는 이 마법이 작동하지 않았다.

"뉴만 올라가면 어떻게 해?"

"허상이 괜찮다면 방법이 있어요."

라크는 즉시 사람들을 모은 후 주문을 시전했다. 따뜻한 빛의 무리가 사람들을 둘러싸더니 그들의 몸이 둥실 떠올랐다.

"우리들이 사람이 아닌 빛이라고 속이는 겁니다."

라크는 그렇게 설명하고는 빛의 덩어리가 된 일행들을 데리고 그대로 층계 위쪽까지 올라갔다.

이것으로 1층은 클리어. 사람들은 안도의 한숨을 쉬었다. 그러나 라크는 인상을 찌푸리며 말했다.

"힘들게 됐네요."

"왜?"

"2층부터는 마나가 극히 희박해요. 마법을 사용하기가 힘든 환경입니다."

"흠, 그럼 넌 마법을 못 쓰는 거냐?"

"아주 못 쓰지는 않아도 함부로 쓰면 마나 고갈 상태가 될 겁니다."

마법사는 주문을 시전할 때 주변의 마나를 모아야 한다. 몸속에 있는 마나는 단지 기폭제에 불과한 것이다.

물론 라크 정도의 고위 마법사는 몸속에도 상당한 마나를 비축해 놓고 유사시에는 그걸로 마법을 쓰지만 그것도 양의 한계는 있다. 적어도 사용한 마나는 회복되지 않을 것이다.

"칫, 어쩔 수 없지. 염려 마라. 우리가 어떻게든 뚫고 나갈 테니."

카슈는 검을 가볍게 한 번 휘두르며 말했다.

1층의 경우를 보아 마법의 힘이 아니면 상당한 피해를 각오해야 할 것 같았다. 그러나 지금 와서 돌아갈 수도 없기에 카슈는 앞으로 나아가려 했다.

테레사도 역시 굳은 얼굴로 목 근처에 있는 붉은 나비 모양의 브로치를 손으로 잡아 보석 부분을 문질렀다.

슈우우욱—

그녀의 몸이 커지는 것 같은 환각과 함께 어느새 그녀는 파라나보다 더 큰 크기의 거대한 기사로 변했다. 그리고 그녀가 들고 있던 단검 또한 거대한 투 핸드 소드로 바뀌었다.

라크는 전에 밀리아가 변신하는 모습을 보았기에 그다지 놀라지 않았지만 카슈와 파라나는 두 눈을 크게 뜨고 이게 웬일이냐는 표정을 지었다.

전설처럼 내려오는 제국 최후의 비밀 고스트 기사단! 그 기사단 중 한 명이 바로 눈앞에 있었다.

가냘픈 여성이 이렇게 우락부락한 전신 갑옷의 기사가 될 수 있다는 것은 그야말로 경이라 할 수 있었다.

"그, 그대는……."

카슈는 뭐라고 말을 하려고 했지만 입에서 소리가 잘 나오지 않는지 계속해서 더듬었다. 그러자 테레사는 별것 아니라는 듯 그를 무시하고는 앞으로 걸어나오며 말했다.

"이제부터는 제가 앞장서지요."

남자인지 여자인지 알 수 없는 목소리가 전신 갑옷 속에서 들려왔다.

발더스만큼은 그녀의 정체를 알고 있었기에 순순히 옆으로 비켜서서 한쪽 자리를 내주었다. 제국에서 가장 강한 무인 두 명이 나란히 서니 그 위압감이 범상치 않았다.

"2층에는 눈에 보이지 않는 괴물이 있어요. 아마 이미 움직였을 거예요."

테레사가 말하자 발더스는 고개를 끄덕이더니 눈을 감았다. 보이지 않는 괴물이라면 시력은 오히려 방해가 될 뿐이다.

스윽.

기묘한 느낌이 다가왔다. 그것은 마치 어둠 속에 숨은 암살자처럼 발더스의 목을 향해 무엇인가를 서서히 찔러왔다.

"훗."

발더스는 짧게 코웃음을 치며 살짝 옆으로 비켜섰다. 그리고는 검을 수평으로 세워 전력으로 허리 부근을 횡으로 베었다.

슈각.

캬아!

괴물의 비명 소리가 들려왔다. 그러나 모습은 여전히 보이지 않았다.

그때 라크가 뒤에서 무엇인가를 뿌렸다. 잉크였다. 팍! 하는 소리와 함께 잉크는 무엇인가에 부딪쳐 주르륵 흘러내렸다. 하지만 전혀 묻어나지를 않고, 잉크가 흘러내린 후에는 다시 보이지 않게 되었다.

그사이 테레사가 수직으로 검을 휘둘러 그것을 베어냈다. 다시 무엇인가 베이며 비명 소리가 들려왔다.

카슈도 검을 세워 찔렀다. 퍽! 하는 소리와 함께 검은 상대의 몸속으로 찔러 들어간 듯했다. 하지만 그것으로 끝이었다.

라크는 적의 기척이 점점 넓어지는 것을 느꼈다. 좌우로 퍼지면서 라크 일행을 둘러싸는 것 같았다.

파라나가 기합을 지르며 연속해서 도끼를 수십 번도 넘게 휘둘렀다. 파파팍! 하는 소리와 함께 적의 육체가 계속해서 갈라졌다. 그러나 그건 느낌상으로만 그랬고, 적은 전혀 물러서지 않았다.

"뭐지, 이놈은?"

카슈는 인상을 찡그리며 말했다. 그도 느낌으로 자신들이 점점 포위당하고 있다는 것을 알 수 있었다.

"하나가 아니라 다수인 건가요?"

파라나도 상당히 당황한 표정으로 물었다. 그러나 발더스는 고개를 저었다.

"적은 하나다. 지독하게 큰 놈인가 보군."

"라크, 마법을 정말 못 쓰냐?"

"안 쓰는 게 나을 것 같아요. 뉴, 이놈 먹을 수 있니?"

"있어요. 그런데 위험해요. 뉴."

"왜?"

"이놈은 방 안을 꽉 메우고 있는데, 먹으려고 하면 절 오히려 몸속에 가둘 거예요. 뉴."

"방 안을 꽉 메우고 있다고? 넌 이놈이 보이니?"

"네, 형태는 없어요. 슬라임 같은 놈인데요. 뉴."

"으윽, 그랬군."

눈에 보이지 않는 물질이 방 안을 가득 메우고 있다고 한다. '이거 반칙이잖아!' 라고 카슈가 외쳤지만 다른 사람들은 그 말에 대답할 여유도 없었다.

라크는 황급하게 말했다.

"굴을 뚫어요! 할 수 있겠어요?"

"해야 한다면 하는 수밖에!"

발더스는 그렇게 대답하고는 검을 휘두르는 것을 멈추고 앞으로 겨누었다. 푸른 오라가 검으로부터 흘러나와 서서히 전신을 감싸기 시작했다.

오러 실드! 그가 어릴 때 가문의 수호 드래곤인 네미니스를 찾아가 그에게서 배운 비장의 수법이었다.

"따라오시오!"

파파파파팍!

검끝에 걸린 오러가 회전을 시작하자 곧 몸 전체의 오러가 그것에 호응했다. 눈에 보이지 않는 적은 그 힘에 의해 분쇄되었고, 곧 커다란 굴이 뚫렸다.

"하압!"

카슈도 지지 않겠다는 듯이 사방으로 검을 휘둘러 적이 조여 오는 것을 막았다.

그사이 다른 사람들은 열심히 발더스의 뒤를 따라 뛰었다. 잠시도 멈출 수 없었다. 그렇다고 해서 완벽히 무사하게 지나가는 것도 아니었다.

적의 파편에는 강한 산성의 혈액이 섞여 있어 그것에 닿으면 치익, 하는 소리와 함께 옷과 갑옷이 녹아내렸다. 하지만 지금은 살이 타는 고통에도 멈추면 안 되었다.

구부러진 복도를 따라 뛰다 보니 겨우 3층으로 올라가는 계단이 나왔다. 그나마 내부 구조를 알고 있었기에 망정이지 안 그랬다면 이나마도 버티기 어려웠을 것이다.

팍!

검에 느껴지는 압력이 사라졌다. 그때 뉴가 말했다.

"끝났어요. 완전히 뚫고 나오니 저놈이 더 이상 덤비지를 않네요. 뉴."

"으흐, 살았다."

카슈는 뛰면서 검을 전력으로 휘두르느라 많이 지친 듯 거친 숨을 내쉬었다. 그리고는 질린 눈빛으로 앞에 있는 3층의 계단을 보았다.

"설마 이 계단에도 함정이 있을까?"

"그건 잘 모르겠어요. 저라고 해서 함정을 모두 아는 것은 아니에요. 여황 폐하와 같이 왔을 때에는 대부분 작동하지 않으니까요."

"헉, 그런 무책임한 말을! 아줌마, 너무하잖아!"

"카슈님, 말씀을 조금 삼가해 주시지 않으면 별로 좋지 못한 일이 벌어질지도 몰라요."

"네넵!"

카슈는 테레사의 무력이 자신보다 강하다는 것을 확실하게 느끼고 있었기에 즉시 입을 다물었다.

그사이 라크는 계단을 살펴보았다.

"좋지 않군요. 아무것도 발견할 수 없어요."

"그럼 좋은 거 아닌가요?"

"아니요. 뭔가 있는 것은 분명해요. 정말로 몸으로 때워야 할 순간이 왔군요."

라크의 말에 다른 사람들의 안색이 모두 어둡게 변했다.

그러나 안 올라갈 수도 없다. 그때 테레사가 앞으로 나서며 말했다.

"방어적인 능력이라면 제가 가장 강할 것입니다. 그러니 제가 앞에 서겠습니다."

그리고는 다른 사람이 말할 여유도 주지 않고 앞으로 나아갔다. 확실히 그녀가 입고 있는 마법의 전신 갑옷은 최강의 방어구로, 웬만한 공격으로는 흠집 하나 나지 않기에 다른 사람들도 그녀의 뒤를 따랐다.

첫 계단을 밟았지만 아무런 일도 일어나지 않았다. 어쩌면 이 계단에는 함정이 없을지도 모른다고 생각한 테레사는 조금 더 빠르게 계단을 올랐다.

그렇게 일행이 중간쯤 다다랐을 때, 일이 터졌다.

콰르르르르!

천장이 열리며 끝이 뾰족한 금속의 창이 빽빽하게 박힌 금속판이 떨어져 내렸다. 마법 함정이 아닌 교묘한 기관 함정이 설치되어 있었던 것이다!

"차앗!"

카카캉!

발더스와 테레사, 그리고 파라나가 거의 동시에 자신의 무기를 위로 치켜들어 금속판을 막았다. 그리고 라크가 순간적으로 마법을 써서 금속판의 무게를 가볍게 했다.

몇 톤이나 되는 금속판의 무게가 10분의 1로 줄어들었고, 그것을 세 사람이 막으니 겨우 버틸 수 있었다. 하지만 그걸로 끝이 아니었다. 계단이 무너지듯 열려 버렸다.

덜컹.

"앗!"

위에서 누르고 있는 상황에서 아래가 열리니 그대로 떨어질 수밖에 없다.

아래층으로 떨어지는 걸까? 여덟 개의 칼이 지키고 있는?

사람들은 하나같이 망했다는 표정을 지었다. 그러나 라크는 다시 마법을 사용했다.

"웹!"

슈슈슈슉—

거미줄과도 같은 그물이 그들의 발아래에 쳐졌다. 그로 인해 사람들은 완전히 떨어지지 않았다. 대신 그물에 걸린 채로 대롱대롱 매달리게 되었다.

금속판은 일단 계단이 있는 곳까지 내려오자 멈추더니 다시 서서히 올라가기 시작했다. 쳐졌던 거미줄이 다시 팽팽해지며 자연스럽게 사람들도 위로 올라갔다.

끼이익, 하는 소리와 함께 아래로 꺼졌던 계단이 다시 닫히기 시작했다. 말하자면 원래대로 돌아가는 셈이다.

라크는 급하게 거미줄을 잡고 위쪽으로 기어오르며 말했다.

"어서 기어올라요! 계단이 닫히면 힘징이 또 발동할 겁니다!"

"말 안 해도 이미 오르고 있다!"

카슈는 거의 두 발로 거미줄 위를 달리는 수준이었다. 다른 사람들도 하나같이 뛰어난 무인인지라 위로 오르는 데에는 별 지장이 없었다.

겨우 3층에 도착한 라크 일행은 안도의 한숨을 내쉬며 고개를 절레절레 흔들었다.

카슈가 라크에게 말했다.

"마법을 쓸 수 있잖아? 조금 더 적극적으로 써보면 안 될까?"

"방금 쓴 두 개의 마법은 1서클과 2서클의 마법이었어요. 가장 쉬운 수준인데, 이게 지금 쓰면 평소보다 10배는 힘듭니다. 상위 마법은 하나만 써도 마나가 바닥날 겁니다. 뉴가 도와줘도 두 개 정도가 한계일 것 같네요."

"크윽, 그게 1서클하고 2서클이었다고? 쩝."

라크가 그렇다는 데야 할 말이 없다. 사람들은 눈을 돌려 앞에 펼쳐져 있는 복도를 보았다.

"여기도 함정이 있겠지?"

"예, 저기 보이네요."

라크는 손을 들어 앞쪽을 가리켰다.

복도 끝에서부터 이쪽을 향해 어슬렁어슬렁 기어오는 검은 그림자들, 그것은 검은색의 표범인 것 같았는데 자세히 보면 조금 달랐다. 일단 크기가 황소만 했고, 두 눈에서 흐르는 안광이 파랗게 빛났다.

가장 이상한 것은 두 마리가 나란히 걸음을 맞추어 걸어오는 듯했는데 그들에게 느껴지는 감각은 하나였다.

"듀플 비스트! 둘 중 하나는 가짜이지만 어느 게 가짜인지는 절대로 구별할 수 없습니다."

"쩝, 저런 마물마저 키운단 말이야? 여황 폐하의 취미가 고상하시군."

카슈가 투덜대자 테레사가 고개도 돌리지 않고 대답했다.

"소멸의 탑이 지어졌을 때부터 이곳에 있어온 마물입니다. 상급의 마수인데 대기 중의 마나를 흡수해서 살아간다더군요."

원래 듀플 비스트는 마계에서 사는 마수로, 마신 전쟁 때 강제로 물질계에 내려왔다. 그러나 제대로 적응을 하지 못하고 죽어가는 것을 소멸의 탑에 데려다가 계약을 맺은 것이다.

그래서 듀플 비스트는 소멸의 탑 안에서만 살아갈 수 있다. 이곳이야말로 그의 집인 셈이다.

"대기 중의 마나를? 그럼 지금 여기의 마나가 희박한 것이 저놈 때문이란 말이오?"

"그것도 하나의 원인일 거예요. 그 이상은 저도 몰라요. 단지 저놈의 발톱에 스치기만 해도 몸 안의 마나를 빨린다고 알고 있어요."

"스치기만 해도 죽을 수 있다는 거군. 흡혈귀도 아닌데 말이야."

"정확한 판단이에요. 조심해용!"

휙—

듀플 비스트는 순간적으로 천장에 거의 달라붙을 정도까지 뛰어올라 뒤쪽에 서 있는 라크를 노렸다. 아무래도 마법사를 우선적으로 공격하게 되어 있는 것 같았다.

"어딜!"

캉!

파라나가 급히 전투 도끼를 휘둘러 듀플 비스트의 앞발을 쳐냈다. 그러나 그녀가 쳐낸 앞발은 한쪽일 뿐, 다른 한 마리의 듀플 비스트가 그대로 라크의 머리를 후려쳤다.

꽉!

머리가 터지듯 날아가 버리며 피와 뇌수가 튀었다. 라크가 비록 보통 사람에 비해서는 확실히 반사신경이 빠르긴 하지만 맹수의 점프 공격을 피할 정도는 아니었던 것이다.

사람들은 비명을 지르며 급히 듀플 비스트를 공격했지만 듀플 비스트는 벽을 차고 다시 천장 쪽에 붙은 채로 이동하더니 복도 저쪽으로 사라졌다.

만만치 않은 발더스나 테레사의 강함을 본능적으로 느꼈기에 잽싸게 라크만 제거하고 도망간 것이다.

라크가 죽으면 소멸의 탑의 소유권을 얻을 수 없다. 사람들은 절망적인 시선으로 몸만 남은 라크를 보았다. 그러나 그때 라크의 뒤쪽에서 스르륵 하고 또 다른 라크가 나타났다.

"죽을 뻔했네요. 만약을 대비해서 가짜를 하나 세워놨기에 망정이지."

"뭐야? 이놈은 인형이었던 건가?"

"마법사용 인조 인형입니다. 소유자는 인형의 뒤에서 안 보이는 상태로 조종할 수 있지요."

"대단하군요. 이런 게 있는지는 몰랐습니다."

"죽기 싫으면 이런 거라도 준비해야죠. 하지만 조심하세요. 이제부터 전 진짜니까요."

라크는 부탁한다는 표정으로 말했다. 아무래도 마법사 혼자서 저런 맹수와 싸우기엔 위험한 것이다.

특히 지금처럼 마법을 쓰는 게 힘이 드는 상황에서는 더욱 그렇다. 방어 마법을 거의 쓰지 않고 최대한 마법을 아껴야 했다.

"그래도 저놈을 잡으면 마나가 원래대로 돌이 올 테니까 조금은 낫겠군."

"쉽게 돌아오진 않을 겁니다. 탑 자체 내에서 이 구역의 마나를 거의 제어하는 모양이니까요."

과연 소멸의 탑이다. 마법사들에게는 결코 좋은 환경을 제공하지 않는다.

"으윽, 그럼 끝까지 마법 없이 가야 하는 건가?"

"그럴지도 모릅니다."

라크는 냉정하게 말하고는 일행을 재촉했다. 일단 듀플 비스트가 복도를 자유롭게 돌아다니는 것으로 보아 또 다른 함정은 없을 것 같았다.

"가능하면 그놈을 해치우지 않고 4층으로 빠져나가야 합니다. 그래야 가나크도 고생을 하니까요."

"꼭 그랬으면 좋겠군요."

하지만 상대는 상급 마수, 공격을 해온다면 죽이고 살리는 게 문제가 아니라 이쪽이 살기 위해 싸워야 한다. 그들은 극도로 긴장을 한 채 한 걸음 한 걸음 앞으로 나아가기 시작했다.

Chapter 7

빛과 그림자

빛과 그림자

"**다**시 한 번 말하지만 지금의 저는 탑에 대한 소유권
이 없어요."

"알고 있소. 하지만 그대가 들어가면 탑은 최소한 그대를
죽이려고 하지는 않을 것이오."

"그건 그럴 수도 있겠지요. 아무튼 그대가 원하니 들어가
겠어요. 하지만 조심하셔야 합니다."

나싱의 말에는 진심이 담겨 있었다. 그녀는 이미 가나크에
게 영혼을 오염당해 무조건 그의 말에 따르게 되어 있는 것이
다.

여황이라는 자존심은 그런 마음 앞에서는 아무런 장애가 될 수 없었다. 심지어는 어째서 전에 가나크를 적대했던가 하고 뼈저리게 후회하고 있었다.

지난 며칠간 가나크는 전력을 다해 나싱을 세뇌시켰고, 그 것이 훌륭하게 성공한 것이다.

두 사람은 소멸의 탑으로 들어갔다. 다른 고위 마법사들은 계속해서 마법진을 손보기로 했다.

여황은 탑에 있는 함정에 대해 모두 알고 있었고, 그걸 가 나크에게 자세하게 설명해 주었다.

가나크의 목적은 라크 일행이 탑의 상층부에 있는 중추에 접촉하기 전에 따라잡아 처치하는 것이었는데, 여황의 도움 으로 충분히 가능하리라고 생각했다.

일층, 여덟 개의 칼이 그들을 공격했을 때 나싱은 그녀의 마법으로 칼의 마력을 일시적으로 소멸시켰다. 고도의 마법 중화 능력이었다.

이층, 보이지 않는 괴물은 가나크가 샤이닝 비를 사용하여 완전히 흔적도 없이 파괴해 버렸다.

마나가 거의 없는 공간이라는 것을 미리 안 가나크는 밖에 서부터 최대한 시전할 수 있는 모든 마법을 다 건 채로 들어 왔기에 여기까지는 쉬웠다.

그러나 삼층에 있는 듀플 비스트는 절대로 만만한 상대가 아니었다. 상급 마수라는 이름은 거저 붙은 것이 아니기에 나싱은 몇 번이나 가나크에게 주의를 주었다.

"삼층은 듀플의 영역이에요. 그에게 가장 유리하게 꾸며져 있기 때문에 까딱 잘못하면 기습을 당할 수 있어요."

"영혼의 방어막으로 몇 번은 막을 수 있을 것입니다."

"아마 그럴 거예요. 하지만 그 이상은 위험해요. 그리고 듀플이 흥분하면 나도 공격할지도 몰라요."

"그럴 경우 내가 그대를 지킬 테니 염려 마십시오."

가나크의 말에 나싱은 천천히 걸음을 옮겼다. 맹수가 어디에선가 숨어 자신들을 노리고 있다고 생각하니 긴장하지 않을 수 없었다.

나싱은 조금이라도 긴장을 풀기 위해서 말했다.

"어떻게 침입자가 삼층을 벗어났는지 이해할 수가 없군요. 듀플의 능력이라면 가나크님 정도의 능력자가 아니고는 절대 감당할 수 없을 텐데요."

"흠, 그 정도란 말입니까?"

"마스터 급의 검사라고 해도 듀플의 상대는 안 돼요. 마법사라면 더 할 말이 없지요. 이곳은 극도로 마나가 희박한 곳이고, 듀플은 마법에 특히 강하니까요."

"과연. 하지만 저쪽도 만만치 않은 자들일 것입니다. 고위 마법사가 있고, 그대의 말대로라면 마스터가 둘이나 있다는 소리가 되니까요."

"확실히 발더스와 테레사라면 듀플도 함부로 하지는 못하겠지요. 하지만 절대로 4층으로 올라가게 그냥 놔두지는 않았을 텐데……."

그녀는 듀플의 능력을 너무나도 잘 알고 있었다.

듀플은 빠르고 영리하다. 이 안의 구조가 듀플에게 꼭 맞게 되어 있는 이상 듀플을 죽이지 않고는 아무도 4층으로 나아갈 수 없을 것이다.

그렇다면 듀플은 죽었을까? 발더스와 테레사, 그리고 라크가 힘을 합치면 가능하기는 할 것이다.

나싱은 그렇게 생각했다.

그때, 갑자기 한쪽 벽이 펑! 하고 뚫리면서 듀플이 튀어나와 가나크를 공격했다. 순간 꽉! 하는 소리와 함께 가나크를 둘러싸고 있던 영혼들 중 하나가 앞발에 맞고 비명을 지르며 소멸해 버렸다.

크와아아앙!

영혼의 방어막은 소멸하면서 상대에게 강력한 충격을 가한다. 듀플은 앞발이 터지는 고통에 비명을 질렀다. 그러나 고통에 굴하지 않고 다시 다른 쪽 앞발로 가나크의 머리를 노렸다.

이번에도 역시 한 영혼이 희생되며 듀플의 앞발 하나를 파괴해 버렸다.

그 사이 가나크는 들고 있던 막대기로 듀플의 배를 찔렀다. 강력한 전격이 막대기로부터 흘러나와 듀플의 전신을 그물처럼 감쌌다.

파지지지직!

크아아아앙!

괴로운 듯한 포효! 그러나 듀플은 전격의 그물에 잡히지 않았다. 그의 몸이 둘로 나누어지더니 그물 바깥쪽에 생긴 벽의 구멍 속으로 사라졌다.

그리고 그물 속에 잡혀 있던 듀플은 스르륵 꺼져 버렸다.

"단거리 공간 이동이 가능하단 말인가? 과연 상급 마수로군."

가나크는 감탄했다. 공간 이동은 물질계에서는 거의 불가능한 수법이라 알고 있었는데 듀플 비스트는 비록 단거리라고 해도, 또한 자신의 환영과의 교환이라고는 해도 그게 가능한 것 같았다.

"일단 4층으로 갑시다."

가나크는 나싱을 재촉했다.

관심이 가는 것은 틀림없지만 일의 경중을 따져야 했다. 적이 이곳에 들어온 지 이미 두 시간이 지났다.

만약 7층에 있는 탑의 중추에 라크가 도달해서 탑을 소유하게 된다면, 현자의 탑 전체의 힘이 사라져 버릴 수도 있기에 그는 내심 초조해하고 있었다.

나싱 역시 지금은 가나크에게 완전히 협조를 하고 있는 상황이었기에 두말없이 4층으로 올라가는 최단 거리로 달렸다.

3층 전체가 듀플을 위한 미로이기 때문에 길을 모르면 한참이나 헤매야 한다. 그나마 나싱이 길을 알고 있기에 그들은 조금도 머뭇거리지 않고 앞으로 나아갔다.

그러나 듀플의 공격은 쉬지 않고 계속되었다. 어느새 부서진 앞발도 다시 재생되어 있었는데, 그게 또 영혼의 방어막에 막혀 파괴되는 것을 듀플은 두려워하지 않았다.

"대단한 놈이군요."

"다 왔어요. 저기 저 문이 바로 4층으로 올라가는 문이에요!"

굳게 닫힌 철문. 그곳을 지나면 듀플은 더 이상 공격을 하지 않는다. 하지만 문은 무척 무겁고, 탑의 소유자가 아니면 저절로 열리지 않는다.

힘으로 그걸 열려면 두 손으로 밀어야 하는데 듀플이 그걸 그냥 놔둘 리가 없다.

"파괴해야겠군요. 샤이닝 비!"

위이이이잉—

가나크가 두 손을 앞으로 내밀자 수십 마리의 빛의 벌이 나타나 문을 향해 날아갔다. 그것들은 그대로 문에 부딪쳐 파식! 하는 소리와 함께 다시 빛으로 변해갔다.

모든 것을 파괴하는 빛! 두께가 50㎝에 달하는 두꺼운 철문이었지만 빛의 벌들에게서 버틸 수는 없었다.

콰콰쾅!

어느 순간 문이 폭발했다. 커다란 폭발음과 함께 뜨거운 불꽃이 가나크 쪽으로 해일처럼 밀려왔다. 일정 이상의 충격을 받으면 터지게 되어 있었나 보다.

"큭! 바리어!"

가나크는 급히 방어막을 강화시켜 그 폭발을 막았다. 나싱을 보호해야 했다. 위층까지 올라가려면 아직 그녀의 도움이 필요했다.

가나크의 마력은 강대했다. 소멸의 탑을 뒤흔들 만한 폭발도 그는 막아낼 수 있었다. 그러나 그 순간 뒤쪽에서 듀플이 나타났다. 듀플은 소리없이 달려들어 나싱을 덮쳤다.

폭발의 굉음과 불꽃에 정신이 빼앗긴 나싱은 듀플의 기습을 막을 수 없었다.

그와 동시에 폭발된 문의 반대쪽에서 무엇인가가 날아왔다.

슈슈슉, 파캉!

가나크의 방어막이 그것에 부딪치자 유리처럼 깨어졌다. 빛으로 이루어진 창! 그것은 가나크도 잘 알고 있는 수법이었다. 바로 샤이닝 스피어. 빛의 마법이다!

일곱 겹으로 이루어진 최강의 방어막이 순식간에 파괴되어 버렸다.

가나크는 인상을 팍 쓰며 마족의 그림자를 일으켰다. 적은 문 바로 뒤에 숨어 있었던 것이다. 그리고 듀플과 서로 협력하여 그를 기습했다!

어떻게 그게 가능했는지가 궁금했다. 상급 마수와 손을 잡을 수 있다니?

부웅—

거기까지 생각했을 때 불속에서 다시 두 명의 검사가 나타났다. 테레사와 발더스였다. 검에서 줄기줄기 뻗어 나오는 오러의 빛이 화려할 정도로 섬뜩했다.

마스터! 그것도 둘이나!

파악!

"꺄아아아아!"

영혼의 방어막이 비명을 질렀다. 오러 블레이드 앞에서는 영혼의 방어막도 제대로 제 역할을 수행할 수 없었다. 하지만 가나크는 순간적으로 뒤로 물러나 그들의 검을 피했다. 마법사라고는 믿기 어려울 정도의 움직임이었다.

"죽어랏! 악적!"

다시 뒤쪽에서 두 사람이 튀어나왔다.

카슈와 파라나! 앞의 두 사람보다는 실력이 약간 떨어져 보이지만 무시할 수 있는 수준은 아니었다. 무엇보다 테레사와 발더스가 여전히 가나크를 노리고 있었다.

그러나 가나크는 오히려 눈빛을 차갑게 가라앉히며 팔을 휘저었다. 그러자 그림자의 날개가 퍼덕이며 그들을 후려쳤다. 신기하게도 그림자임에도 불구하고 강력한 물리력이 그 안에 담겨 있었다. 마치 날개 자체가 그림자의 기운으로 변해 있는 것 같았다.

파파팍!

"크으윽! 강하군!"

파라나와 카슈는 날개의 압력을 이기지 못하고 뒤로 물러났다. 그사이 발더스와 테레사는 가나크의 뒤로 돌아가 포위를 하듯 둘러쌌다.

"항복해라, 가나크! 절대 우리 네 명을 이길 수 없다!"

발더스가 외쳤다. 최고의 검사 네 명에게 둘러싸인 마법사에게 무슨 승산이 있을 수 있는가? 그는 그렇게 생각했다.

"크크큭, 나보고 항복을 하라고? 항복하면 살려줄 것인가?"

놀리듯 말하는 가나크. 그는 이 네 명의 전사에게 전혀 두

려움을 느끼지 않는 듯했다.

"용전사 발더스여, 너는 인간이다. 하지만 나는 인간이 아니다!"

가나크는 차가운 목소리로 대답하고는 두 팔을 활짝 벌렸다. 그러자 그림자 날개가 활짝 펼쳐지며 가나크의 몸을 감쌌다.

스으으윽—

가나크의 몸이 검게 물들기 시작하더니 순식간에 그의 전신이 검은 그림자로 변했다. 날개는 원래 그랬다는 듯이 그의 등에 붙어 있었다.

인간도 아니고 마족도 아닌 그림자의 마인이 모습을 드러냈다.

"가나크!"

발더스는 날카롭게 외치며 오러 블레이드를 휘둘렀다. 검은 그림자로 변한 가나크의 몸을 그대로 가르고 지나갔다. 그러나 아무런 감촉도 느껴지지 않았다. 마치 허공을 벤 것과 같았다.

"하하하, 그림자를 벨 수 있는가, 발더스?"

"으음!"

발더스는 약간 당황하며 뒤로 한 발자국 물러났다.

오러 블레이드로 자르지 못하는 것은 없다. 드래곤의 비늘

마저도 가를 수 있다.

그렇다면 그림자는? 아직 그림자와 싸워본 일이 없는 발더스였기에 확신할 수가 없었다. 실제로 지금 처음으로 베어본 결과, 베어지지 않았다.

"틀려요, 발더스님. 그림자도 오러 블레이드에는 베어집니다. 단지 베어진 곳이 다시 이어질 뿐이에요."

문 뒤쪽에서 라크가 나오며 말했다. 그의 어깨 위에는 뉴가, 그리고 그 옆에는 나싱을 등에 업은 듀플이 있었다.

가나크는 눈에 살기를 띠며 라크를 보았다.

"훌륭한 솜씨다. 당했군."

"여황 폐하의 영혼은 정화시켰다."

이렇게 빨리 오염된 사람을 정화시키려면 빛의 마법을 집중해서 사용해야 한다. 상위 마법을 사용하는 것이니만큼 마력의 소모가 극심해 라크의 안색은 창백했다.

그러나 라크는 자신의 계획대로 나싱을 구했다는 만족감에 입가에 미소를 짓고 있었다.

"흥, 이렇게 마나가 거의 없는 공간에서 상위 마법을 사용할 수 있다니? 과거 너의 몸이 지녔던 수준의 마력을 얻은 모양이군. 하지만 그래도 될까? 이제 네 몸속에는 거의 마력이 남아 있지 않을 텐데?"

"부인하지 않겠다. 힘들어 죽고 싶은 심정이다. 그래도 너를 골탕 먹이고 나니 기분은 좋은데?"

라크가 나싱을 구해 인질이 사라진 이상, 가나크는 큰 곤란에 빠지고 말았다. 그를 둘러싼 네 명의 무기가 그걸 증명하고 있었다. 하지만 가나크는 여유롭게 말했다.

"소멸의 탑을 가동시키지 못한 이상 나를 곤란하게 했다고는 할 수 없지."

"그런가?"

"그런데 어떻게 듀플 비스트와 같이 나를 공격할 수 있었지? 탑의 주인도 아닌 네가 그게 가능할 리가 없는데?"

라크는 자신의 어깨 위에 있는 뉴의 머리를 쓰다듬었다.

"여기 있는 뉴가 말이야, 이래 봬도 상급 마수거든. 둘이 이야기가 통하더군."

"상급 마수끼리 교섭을 했단 말이군."

그때서야 가나크는 상황을 이해했다는 듯 고개를 끄덕였다.

"그렇다면 너희는 서둘러 위로 올라갔어야 했다. 그게 나의 계획을 막을 수 있는 유일한 방법이었지."

"내 계산에 의하면 얼마 못 가 따라잡힐 것 같아서 말이야. 여황 폐하와 같이 올라오는 너보다 빠르게 올라갈 수는 없거든."

"그건 그렇군. 그래서 이제 어떻게 할 거지? 계획을 말해 봐."

"별것 아니야. 내가 너랑 싸우는 거지."

"나랑? 하하하. 확실히 그건 좋은 계획인데, 지금 네가 마법이나 제대로 쓸 수 있나?"

가나크는 웃었다.

그림자의 형태로 돌아가 완벽한 전투 준비를 갖춘 그는 인간이라기보다는 마족에 가까웠다.

아무리 라크가 빛의 마법을 되찾았다고 해도 그를 상대할 수는 없다. 하물며 이런 환경에서라면 더욱 그렇다. 환경이 가혹할수록 힘의 차이는 크게 나는 법이다.

그러나 라크는 진심이었다. 그는 테레사를 보며 말했다.

"제가 이놈과 싸울 동안 여황 폐하와 함께 위로 올라가세요. 여황 폐하께서 깨어나시면 직접 탑의 소유권을 얻으시도록 돕는 것이 좋겠습니다."

"라크 경, 그대 혼자서 싸울 생각인가요?"

"그렇습니다."

라크는 태연하게 대답하고는 가나크를 보았다.

"가나크, 여기서 결판을 짓자."

친구에게 말하는 것처럼 담담한 말투. 그러나 가나크는 그 속에 담긴 라크의 결심과 투지를 읽을 수 있었다.

"나쁘진 않군. 네놈과는 결국 결착을 봐야 하지. 다른 건 다 나중으로 미뤄도 상관없다."

설령 소멸의 탑이 가동되어도 다시 처음부터 마법진을 만들면 된다. 시간이 걸릴 뿐이지 언젠가는 틀림없이 이룰 수 있다. 그때까지 고독을 참기만 하면 되는 것이다.

라크를 없애는 것은 그보다 우선하는 일이다. 라크와 가나크는 원래 하나였던 존재. 둘은 동시에 존재해서는 안 된다.

그걸 참을 수 없는 본능적인 살기로서 느끼는 것은 라크와 가나크, 둘 다였다.

"결정됐군. 다른 분들은 어서 올라가세요. 어찌 됐든 소멸의 탑은 가동되어야 합니다. 안 그러면 가나크가 사라져도 다른 고위 마법사들이 그의 뜻을 이어 마법진을 가동시킬 것입니다."

영혼의 오염의 진정 무서운 점은 시전자가 죽어도 여전히 효과가 유지된다는 점이다. 사람들은 어쩔 수 없음을 알았다.

"그럼 뒤를 부탁하겠소."

발더스가 가슴에 검의 자루를 대며 말했다. 기사로서의 인사이다.

라크는 가나크를 노려본 채 묵묵히 고개를 끄덕였다. 그러면서 한쪽 팔을 들어 어깨 위에 있는 뉴의 등을 툭툭 두드렸다. 뉴에게도 가라는 신호다.

뉴는 그럴 수 없다는 듯 두 앞발로 라크의 목을 끌어안고 말했다.

"라크, 저도 같이 싸워요. 뉴."

"아니. 뉴, 너도 저들과 같이 가."

"라크. 뉴."

"가나크와는 나 혼자 결착을 지어야 할 것 같아."

"……."

"미안."

"알았어요. 조심하세요. 뉴."

휘익.

뉴는 가볍게 몸을 날려 듀플의 머리 위에 올라탔다.

마계에서 만났다면 목숨을 걸고 싸웠을지도 모르는 이들 두 마수는 물질계라는 가혹한 환경으로 인해 서로 진한 동질 감을 느끼고 있었다.

라크는 전신의 마나를 끌어올려 주변에 방출했다. 그리고 는 아직도 떠나지 않고 있는 사람들을 재촉했다.

"어서 가세요."

"알았다. 먼저 갈 테니 우리 몫까지 저놈을 매우 패라!"

카슈는 그런 와중에서도 농담을 던지고는 사람들과 함께 4층으로 가는 계단을 올랐다.

그렇게 모든 사람들이 위로 올라가고, 이제 이곳에는 라크 와 가나크 둘만이 남았다.

가나크는 재미있다는 얼굴로 말했다.

"넌 나의 힘에 대해 어느 정도 짐작하고 있는 모양이군?"

"아무래도 그렇겠지? 마그나타와 싸울 때에도 그랬지만, 너를 상대로는 더욱 그럴 거라 생각했지. 동료는 오히려 치명적인 약점이 된다고 말이야."

"하기야. 언제 적으로 돌변할지 모르는 동료는 없는 게 낫지. 그래도 마수까지 올려 보낸 것은 의외인걸?"

"마수도 그림자는 있으니까."

"하하하하! 과연 짐작하고 있었군."

"그래, 정령의 숲에서 네가 다른 자의 그림자를 조종할 수 있는 것을 보고 알았다. 그림자를 조종할 수 있다면 육체도 조종할 수 있지."

"맞는 소리야. 난 빛의 마법사임과 동시에 그림자의 마법사라고 할 수 있으니까."

가나크는 자랑이라도 하듯 자신의 손을 들어 이리저리 움직여 보였다. 그림자화 된 그의 팔은 입체감이 전혀 없었지만 분명히 존재하고 있었다.

"육체의 그림자화, 이것으로 나는 절대적인 힘을 얻었다고 할 수 있지. 그렇지 않나? 섀도우 가디언이었던 자여."

가나크는 원래 자신이 섀도우 가디언이었지만 오히려 라크를 그렇게 불렀다. 라크도 부인하지는 않았다.

"확실히 나는 섀도우 가디언으로서 지내봤기에 그림자 형태가 얼마나 강한지 알지. 그 위에 물리력과 마법도 사용할 수 있다고 하면 드래곤조차 이길 수 있지 않을까? 그렇지 않습니까, 파라타님?"

라크는 천장의 한쪽 구석을 보며 물었다.

그곳에는 사람들 눈에는 거의 보이지 않는 하얀 점이 떠 있었다. 자세히 보면 눈알의 형태를 하고 있음을 알 수 있는데, 마법사들이 정찰을 할 때 흔히 쓰는 '위저드 아이'와 비슷해 보였다. 단지 크기가 모기 눈알만 할 뿐이지, 그 눈알에는 입도 달려 있었다.

파라타는 라크가 이곳에 들어올 때부터 특수한 위저드 아이로 구경을 하고 있었던 것이다.

"칫, 들켰나? 이곳은 마나가 희박해서 모습을 감출 수가 없군."

"하하하, 드래곤이 구경을 하고 있었군. 어쩐지 이상한 기운이 감지가 되는데 그 정체를 알 수 없더라니."

"시끄럽다. 마족, 난 지금 구경 중이지만 라크 녀석이 당하면 그 다음에는 내가 이 탑을 통째로 부숴주마."

"마음대로 하시오. 난 전혀 상관이 없으니까. 하하하."

가나크는 웃었고, 라크는 고개를 저었다.

소멸의 탑을 통째로 부수면 탑의 힘이 개방되고 마법진은 파괴된다. 하지만 이 안에 있는 여황을 비롯한 모든 사람은 살아남을 수 없을 것이다.

역시 드래곤은 손을 쓸 때 인간의 희생을 두려워하지 않는다.

"그냥 그곳에서 구경만 하고 계시다가 드래곤 로드께 보고나 하세요."

라크는 그렇게 말하고는 다시 가나크를 바라보았다.

허공에서 '그럼 내가 심판을 볼 테니 정당한 승부를 내라'라고 파라타가 말하는 소리가 들려오는 것은 무시해 버렸다.

"시작하자."

"언제든지 시작할 수 있지. 그런데 정말 괜찮겠나? 넌 한 번의 공격으로 마나 고갈 상태에 빠져 버릴 텐데?"

"그 첫 번째 공격이란 걸 받아봐라!"

라크는 말과 함께 손을 썼다. 주문을 외우지도 않았는데 그의 전신에서 빛의 창이 튀어나와 가나크를 노렸다.

"흥, 처음이자 마지막 공격치고는 평범한데?"

가나크는 웃기지도 않는다는 듯 손을 들어 좌우로 저었다. 그러자 투명한 막이 겹겹이 생겨나 빛의 창을 향해 마주쳐 나아갔다.

파캉! 하는 소리와 함께 투명한 막은 깨어졌지만 라크의 빛의 창도 소멸해 버렸다. 그리고 다음 순간, 깨어진 막의 파편들이 표창처럼 라크를 향해 날아갔다.

포스 스팅거! 가장 피하기 어려운 대인 공격 마법 중 하나이다.

파파파팍!

마법으로 만들어진 막은 모두 라크의 몸에 박혔다. 그러나 가나크는 오히려 긴장을 했다.

원래 파편들은 라크의 몸에 박힌 후 다시 폭발해서 라크의 몸을 수천 조각으로 찢어야 한다. 그런데 터지지 않았다.

자세히 보면 라크의 몸 전체에 희미한 빛이 흘러나와 감싸고 있다는 것을 알 수 있었다. 그 빛이 파편들을 받아내 라크의 몸속으로 침투하지 못하게 하고 있었다.

파편들은 점점 그 빛에 둘러싸여 모양이 변해갔다. 그러더니 순식간에 모두 빛의 덩어리로 변해 버렸다.

팍!

라크의 몸이 터지듯이 그 주변의 빛덩어리가 튕겨져 나왔다. 그것들은 방금 전까지 그를 공격했던 포스 스팅거의 파편이었지만, 지금은 라크의 힘이 되어 가나크를 핍박했다.

그리고 그 빛의 덩어리들은 천장과 벽에 부딪치면 강력한 탄성으로 통통 튕겼다. 마치 돼지 위장으로 만든 공과도 같았는데, 튕기면 튕길수록 속도가 빨라졌다.

가나크는 즉시 몸을 뒤로 날리며 가능한 한 그것들로부터 멀리 떨어졌다. 그리고는 그림자의 기운을 일으켜 수십 개의 촉수와도 같은 것을 만들어내 빛의 덩어리를 쳐냈다.

파파파팡!

벽이나 천장에 부딪쳤을 때에는 가볍게 튕기던 것이 그림자의 기운에 닿자 그대로 터져 버렸다. 강력한 파괴력이었다. 그림자의 촉수가 소멸될 정도로!

"나만을 노리는 건가?"

"그렇다. 내 마법은 상대를 구별하지. 받아랏!"

라크는 스스로 몸을 날려 가나크를 공격했다. 섀도우 가디언으로 있을 때 체술에도 상당한 수련을 쌓은 그의 움직임은 범상치 않았다.

"헛!"

마법사끼리의 대결에 육체적인 공격은 흔하지 않다. 그것도 원래는 접촉하면 상대의 그림자를 움직일 수 있는 가나크가 걸어야 정상인데 라크가 먼저 걸었다.

가나크는 급히 팔로 라크의 주먹을 막았다. 그런데 막상 둘의 팔이 부딪치자마자 가나크의 팔이 팍! 하는 소리와 함께 하얗게 변했다. 그림자로 겉을 두르지 않았다면 팔이 통째로 사라져 버렸을 것이다.

"몸에 빛의 마법의 기운을 뒤집어쓴 거군!"

가나크는 이를 갈며 그림자의 기운으로 라크의 몸을 쳐냈다. 하지만 역시 라크의 몸에 닿은 그림자의 기운은 소멸해 버렸다.

단지 물리력이 남아 있기에 그 충격으로 라크도 밀려났을 뿐이다.

"독한 놈, 그런 방법을 생각해 내다니."

몸 전체에 방어막을 치고 그것을 이용해서 공격하는 것은 다른 마법사들도 가끔씩 쓰는 수법이다. 그러나 그림자의 기운을 막을 수 있는 것은 바로 빛의 방어막뿐이다.

빛의 방어막은 물리 공격에는 취약한 점이 있지만 마법 공격에 있어서는 최강의 방어막이다. 그리고 무엇보다 그림자에는 극성의 속성이라고 할 수 있다.

가나크는 과연 라크가 자신의 숙적이라는 것을 느꼈다.

"하지만 잊지 마라, 나 역시 빛의 마법사라는 것을."

가나크는 웃었다. 이미 표정도 알 수 없을 정도로 그림자처럼 변해 눈동자도 없는 하얀 빛이 흘러나오는 눈을 하고 있지만 틀림없이 웃고 있었다.

동시에 그의 전신에서 빛이 뿜어져 나왔다. 라크의 그것보다 훨씬 강력한 빛이!

안쪽은 검은 그림자이지만 겉은 빛의 방어막으로 둘러싸인 몸! 이것이야말로 최강이 아닐까? 그림자의 몸은 물리 공격에는 완벽한 방어 능력이 있는 것이다. 그런 가나크의 몸에 다시 빛의 장막이 쳐졌다.

오로지 오러 블레이드에만 약간의 상처를 입을 뿐, 그 이외에는 가나크를 해할 수 있는 수단이란 존재하지 않을 것 같았다. 빛의 마법도 마찬가지이다. 같은 속성끼리 부딪치면 힘이 약한 쪽은 거의 충격을 주지 못하는 것이 마법의 기본적 상식이다.

극한에 달한 빛의 마법을 가나크가 몸에서 발산하는 이상 라크에게는 거의 승산이 없다.

원래는 빛을 몸에 두르는 것을 하지 못했던 가나크이지만 라크가 하는 것을 보고 따라 한 것이다. 라크와 싸우면서 가나크도 강해지고 있다고 할 수 있었다.

"마스터들을 올려보낸 것을 후회하게 될 것이다, 라크."

가나크는 차갑게 외쳤다. 너는 이미 패배했다고 선언하는 듯했다.

"난 마법으로 너를 상대한다, 가나크!"

라크는 지지 않겠다는 듯 전신의 마력을 폭주시켰다. 그의 몸에서 뿜어지는 빛이 더욱 강해졌다. 거의 가나크와 비슷할 정도였다.

"으음, 네놈이 끝까지!"

가나크는 자신의 예상과는 다른 라크의 힘에 놀랐다.

그의 판단대로라면 라크는 이미 마나 고갈에 빠져도 한참 전에 빠졌어야 했다. 그런데 그는 마르지 않는 마나의 바다에 몸을 담근 것처럼 상위 마법을 펑펑 써대고 있다.

뭔가 잘못됐다! 무엇이지?

그러나 라크가 무슨 짓을 하고 있는지 가나크는 알 수 없었다. 라크는 쉬지 않고 주문을 사용했다.

일단 빛의 마법을 최고 강도로 연속해서 사용하자 가나크 역시 비슷한 마법으로 싸울 수밖에 없었다. 놀랍게도 라크의 마법의 강도는 가나크에 비해 전혀 뒤처지지 않았다.

마족의 힘은 강대하지만 빛의 마법 속에 섞여 있는 신성력이 힘을 발휘한 것이다. 그랬기에 가장 강력한 수법인 그림자의 기운을 이용한 마법이 거의 통하지 않았다.

하지만 가나크는 놀라기는 해도 패배를 생각하지는 않았다. 어떤 수단을 썼는지는 몰라도 인간인 이상 마나의 한계는 틀림없이 온다.

반면에 그는 거의 무한에 가까운 마나를 지니지 않았는가? 인간의 몸이기 때문에 한번에 쏟아낼 수 있는 마나에 한계가 있을 뿐, 그 양은 드래곤과도 필적할 만하다.

"실컷 날뛰어라. 네가 꾸민 계획이 소모전이라면, 그게 가장 큰 실수라는 것을 알게 될 것이다."

"흥, 과연 그럴까? 네가 마족의 힘을 빌려 마나를 얻었지만, 오히려 그것 때문에 진정한 빛의 마법을 깨닫지 못했구나!"

콰콰콰쾅!

복도가 통째로 날아가 버릴 정도의 파괴력이 서로의 육체를
노린다. 까딱 잘못하면 일순간에 소멸될 수 있기에 둘은 거의
완벽하게 스스로를 보호하면서 싸웠다. 말하자면, 사용하는
마법의 70%는 방어 마법이고, 나머지 30%가 공격 마법이다.

시간이 흘렀다. 얼마나 싸웠는지는 둘 모두 알지 못했다.
오직 순간순간에만 집중할 뿐이다.

라크의 몸 곳곳에서 실핏줄이 터져 전신이 피투성이가 되
어갔다. 역시 인간의 몸이라 한계가 찾아온 모양이다.

가나크는 그것을 보고 더욱 거세게 마법을 사용했다. 라크
가 조금도 쉬지 못하게 한마디 말조차 하지 않고 연속해서 공
격해 나갔다.

라크는 이제 힘에 부치는지 공격을 거의 하지 못했다. 방어
에 주력하고, 가끔씩 허점을 찌르려 할 뿐이다.

처음의 기세는 거의 사라져서 언제 죽어도 이상하지 않을
정도였다.

'한계인가? 이제 결판을 내야 하는가?'

그의 마음속에 갈등이 일었다. 괴로웠다.

가나크는 지금 나의 상태를 모르리라. 육체가 붕괴되기 직
전에 다다른 자의 고통을 그가 알까?

'아직이다. 나는 아직 완벽하지 못하다.'

라크는 속으로 그렇게 중얼거렸다. 가나크를 상대하기 위해서는 그의 상상을 초월하는 힘이 필요했다.

웬만한 빛의 마법은 그도 흉내 낼 수 있다. 새로운 수법을 써도 일시적으로 우세를 점할 수 있을 뿐, 곧 가나크는 그걸 사용해 거꾸로 반격을 해온다.

비장의 수법은 있다. 하지만 그것은 상상 속에만 존재할 뿐, 실제로 사용해 본 적이 없다. 지금 사용하고 있는 수법은 단 한 번만, 그것도 가나크를 상대로만 쓸 수 있는 수법이니까.

처음 깨달음을 얻은 후 그런 발상을 한 것 자체가 신기할 정도였다. 말하자면 미친 짓이다.

일차적인 것은 통과했다. 육체를 붕괴시켜 그것을 마나로 바꿀 수 있게 되었다. 물질 변환에 대해 연구에 연구를 거듭한 결과이다.

그것으로 마법을 사용했다. 육체란 것이 이렇게 많은 마나로 이루어져 있다는 것을 라크는 지금에서야 깨달을 수 있었다.

생명체가 육체를 가지고 살아가는 것은 그것만으로도 기적인 것이다!

하지만 한계는 있다. 마나가 희박한 상황에서 끊임없이 마나를 사용하니 결국 육체가 붕괴되기 시작했다. 핏줄이 터지고 내장이 뒤틀렸다.

다음 단계로 가야 한다. 그렇지 않으면 죽는다.

성공할 수 있을까? 라크는 확신할 수 없었다.

그의 머릿속에 그동안의 기억이 주마등처럼 스쳐 지나갔다. 채 이 년도 되지 않는 시간밖에 기억하지 못하지만 보통 사람은 절대로 얻을 수 없는 경험이 그 안에 있다.

새도우 가디언으로서의 삶, 실상과 허상을 번갈아가며 체험했다. 그러다가 육체를 완전히 잃어 영혼만 남은 상태가 되었다. 그리고 영혼마저 점점 약해져 갔다.

새로운 육체를 얻었을 때 그 얼마나 환희에 찼었던가! 새롭게 마법을 수련하여 마나가 점점 육체에 모이는 것을 느끼고 다시 빛의 존재를 알게 되었다.

영체 분리까지 하게 되어 티모라의 연구실로 들어가게 되었을 때부터 라크는 영혼과 육체의 관계, 그리고 육체와 마나의 관계를 다시 생각하게 되었다.

그리고 이 수법을 생각해 내게 되었다.

파스스스—

라크의 몸에서 흐르는 피가 물이 끓는 소리를 내며 기화되었다. 기화된 피는 그대로 빛으로 변해 라크의 몸을 둘러쌌다.

가나크의 눈이 그것을 보았다. 그 순간, 가나크는 라크가 무슨 짓을 하고 있는지를 깨달았다.

"너! 육체를 마나로 바꾸고 있었던 것이냐?"

같이 죽자는 소리가 아닌가? 승부와 관계없이 라크는 살아날 수 없다. 믿기 어려운 일이다.

가나크는 라크가 절대로 동반 자살을 시도할 놈이 아니라고 확신하고 있었다.

왜냐하면 라크의 성격은 곧 가나크의 성격이기 때문이다.

라크는 웃었다, 피가 흘러나와 붉게 물든 눈으로.

"이제 알아차렸군. 어때? 이건 너도 흉내 내지 못하겠지?"

"미친놈! 죽으려고 환장을 했구나!"

"난 안 죽어. 너만 죽는 거야."

라크의 몸이 살짝 공중으로 떠올랐다.

그와 동시에 그의 몸에서 나오는 빛이 더욱 강해졌다.

인간의 몸의 한계상 한번에 모아 방출할 수 있는 마나는 8서클이다. 그걸 여러 가지 수법으로 상화해서 9시클의 침을 발휘하는 것이 상위 마법이다.

하지만 육체를 포기한 라크에겐 한계가 없었다!

지금 이 순간, 라크는 자신의 육체를 모두 마나로 바꾸기 시작했다.

파앗, 화르르륵!

눈도 뜨지 못할 정도의 빛, 그것은 바로 마나의 집합체였다. 그와 동시에 드래곤의 브레스보다 훨씬 강한 마나의 파동이 발생했다.

"이런 방법이!"

가나크는 피할 수 없었다. 빛으로부터 피할 수가 없었다. 모든 것을 집어삼키는 빛. 곧 그 중심체는 가나크를 향해 날아왔다.

팍!

"아아아아아아!"

기묘한 느낌이다. 가나크는 자신도 모르게 비명을 질렀다.

놀라운 일이다. 그의 영혼이 빛으로 변한 라크의 손에 잡혀 있었다.

몸은? 원래의 자리에 서 있었다. 라크는 가나크의 영혼을, 그림자처럼 검은 영혼을 육체로부터 빼낸 것이다.

마족의 그림자는 그 검은 영혼에 붙어 있었다. 계약은 영혼을 따라다니는 것이니 당연하다.

날개는 필사적으로 파닥거리며 라크의 손으로부터 벗어나려 했다. 그러나 점점 빛에 먹혀 소멸되어 갔다.

"내 마법은 상대를 구별한다. 이번 표적은 바로 네 영혼이었지."

"으으으으!"

"알겠지? 난 안 죽어. 원래의 내 육체가 있거든."

팍!

"끄아아아아아아악!"

빛이 완전히 가나크의 영혼을 삼켰다. 그리고 그 속에 있던 라크의 영혼이 뒤로 빠져나와 원래의 그의 육체로 들어갔다.

현자의 돌로 만든 새로운 육체는 다시 마나로 변해 사라져 버린 것이다.

무에서부터 탄생한 가나크의 영혼과 함께.

육체로 돌아온 라크는 손으로 머리를 감싸 안으며 그대로 바닥에 주저앉았다. 빼앗겼던 기억들이 물밀듯이 그의 머릿속으로 흘러 들어왔다.

심지어는 가나크가 가졌던 기억들조차 모두 떠올랐다.

해일과도 같은 기억의 파도는 극심한 두통을 동반했고, 라크는 거의 미칠 지경이 되었다. 조금도 움직일 수 없었다.

그러나 그 안에서 느껴지는 따뜻한 느낌. 그것은 바로 시르카와 함께한 시간에 대한 기억이었나. 첫키스의 추억이 부드럽게 라크를 감쌌다.

시간의 흐름과 함께 기억들이 하나하나 제자리를 찾아갔다. 라크는 점점 무아지경이 되어 그렇게 멍하니 앉아 있었다.

Chapter 8

세상을 위협할 수 있는 존재

세상을 위협할 수 있는 존재

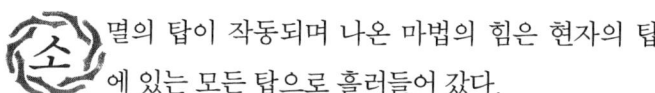

멸의 탑이 작동되며 나온 마법의 힘은 현자의 탑에 있는 모든 탑으로 흘러들어 갔다.

그것은 바로 해방의 힘! 억제되어 있던 모든 미니를 자연스러운 흐름으로 되돌리는 역할을 했다.

쿠쿠쿠쿠쿵!

탑은 비명을 질렀다. 마법으로 유지되던 모든 기관이 동작을 멈추었다.

그대로 파괴되어 땅바닥에 가라앉아 버리지 않는 것이 신기할 정도로 탑은 흔들렸다. 그리고 그 안에서 엄청난 양의 마나가 방출되기 시작했다.

"안 돼! 현자의 탑이 이렇게 끝날 수는 없다!"

달라스는 눈물을 흘리며 외쳤다. 이제 조금만 있으면 마법진이 발동되는데! 가나크가 갔는데! 어찌하여!

그러나 그가 울든 말든 이미 상황은 끝났다. 마법진은 발동력을 잃고 무용지물이 되어버렸다. 그들이 심혈을 기울여 계획한 모든 것이 파괴되었다.

달라스는 눈에 광기를 띤 채 탑 밖으로 뛰쳐나갔다. 그를 따르는 모든 마법사들도 그 뒤를 따라 나갔다.

다른 탑에서의 상황도 마찬가지이다. 규칙의 탑과 그림의 탑에서도 마법사들이 나왔다. 자신들의 우두머리인 고위 마법사들을 선두로 한 그들은 모두 소멸의 탑을 향해 달려갔다.

용서할 수 없었다. 소멸의 탑을 가동시킨 자들을 수천 조각으로 갈라 한 조각씩 입에 넣어 씹어 먹지 않으면 이 분노의 만분의 일도 풀리지 않을 것 같았다.

그러나 문제는 그들이 생각하는 것보다 심각했다. 소멸의 탑이 작동하는 것과 동시에 현자의 탑 외부에서 대기하고 있던 제국의 기사단들이 공격을 가하기 시작한 것이다.

수천에 달하는 마법사들을 상대로 적당히 할 수는 없다. 블루 이글 궁기사단을 앞세운 제국의 기사단들은 보이는 모든 마법사를 학살하며 소멸의 탑으로 돌진했다.

"쏴라!"

슈슈슈슈슝—

금속으로 된 화살이 강력한 기의 힘을 빌려 허공을 날았다.

마법사들의 방어막도 이들 블루 이글 궁기사단의 화살들 앞에서는 힘을 발휘할 수 없었다. 한둘은 막아도 한번에 수십 발씩 날아오면 결국 방어막은 깨어지고 만다.

고위 마법사가 아닌 이상 철로 된 화살의 비 앞에서 무사할 수는 없는 것이다.

그리고 거대한 랜스를 앞세우며 돌진하는 기사단! 제국 최고의 무력 중 하나인 용전사들은 마법사들의 공격 마법을 몸으로 받아내면서도 돌격의 속도를 늦추지 않았다.

반대쪽에서는 전신 갑옷을 입은 거한들이 거대한 검을 들고 벽을 부쉈다.

고스트 나이트! 그들은 마법 자체가 거의 통하지 않았기에 마법사들에게는 악몽괴도 같았다.

환영이나 은신의 마법을 사용하여 겨우 몸을 빼는 마법사들도 있기는 있었다. 그러나 그들에게는 또 다른 죽음의 사신이 찾아왔다. 어둠 속에 숨은 칼날이 아무도 모르게 그들의 등과 목을 찔러 한마디 비명도 지르지 못한 채 그대로 쓰러져 갔다.

무늬만 기사단인 레인저 집단 포레스트 나이트가 이미 이 일대에 퍼져 있었기에 그들의 눈을 속일 수는 없었다. 설령 그들을 속일 수는 있어도 도둑 길드의 특급 암살자들로부터는 벗어날 수 없었다.

"이, 이놈들!"

달라스가 노성을 지르며 나타났다. 고위 마법사들 중에 가장 활동이 활발하고 제자도 많은 그로서는 자신의 제자들이 당하는 것을 차마 눈 뜨고 볼 수 없었다.

스스스스—

뿌연 안개와 함께 모든 것이 사라졌다. 환영의 안개! 그곳에 들어선 자들은 길을 잃고 헤매면서 수많은 환상과 싸워야 한다.

"들어가지 마라!"

기사들은 즉시 뒤로 물러섰다.

"화살은 계속해서 쏴! 그리고 어서 불을 던져라! 대기의 마나를 흔들어 마법의 효력이 빨리 사라지게 해야 한다!"

지휘관들은 일사불란하게 달라스의 마법에 대응했다.

황궁에는 각 고위 마법사들이 사용하는 주요 상위 마법들이 다 기록되어 있는데, 이번에 기사들은 그 정보를 사전에 얻었다.

마법의 효력이 알려진 마법사는 평소보다 3분의 1의 힘밖에 발휘할 수 없다.

그렇다고 해서 고위 마법사의 힘을 얕잡아 볼 수는 없다. 곧 안개 속에서 가지가지 흉악한 괴물들이 튀어나와 기사들을 공격하기 시작했다.

기사들은 그것이 환상임을 알고 있으면서도 반사적으로 검을 휘둘러 싸웠다.

"거울을 꺼내! 거울에 비치지 않는 것은 환상이라고!"

다시 지휘관의 명령이 내려졌고, 확실하게 환상이라고 밝혀진 괴물들은 서서히 모습을 감추었다. 아무리 선명한 괴물이라고 해도 완전히 정체가 드러나면 사라질 수밖에 없는 것이다.

문제는 그 속에 섞인 진짜 괴물들, 환상 속에 진짜를 섞는 것이야말로 달라스의 특기인만큼 이것들과의 싸움은 처절할 수밖에 없었다.

"마화의 진! 규칙의 머시! 뭣들 하나? 어서 도와라!"

딜라스는 절규했다.

가뜩이나 밤을 새워 마법진을 개조하느라 피곤이 극에 달했는데, 연이어 무리를 해서 상위 마법을 사용하니 두 눈이 핑핑 돌았다.

상대는 제국의 기사단, 작정을 하고 마법 방어에 심혈을 기울인 채 공격을 해왔다.

그나마 다행인 것은 저쪽에 마법사가 없다는 것. 그러나 반대로 이쪽에는 마법사밖에 없기에 상황은 별로 좋지 못했다.

환상의 안개가 쳐져 있는 쪽으로는 아직 공격을 받고 있지 않지만, 다른 쪽은 하급의 마법사들이 피로써 막아내는 형편이다. 이미 상당한 수의 마법사들이 당했다.

무엇보다 소멸의 탑의 기운에 의해 그들이 가지고 있던 마법 장비들이 망가져 버린 것으로 인한 타격이 컸다. 소멸의 탑에서 가까우면 가까울수록 그 피해는 커지는데, 현자의 탑 안쪽 지역은 대부분의 마법 장비들이 효력을 잃어버렸다.

다른 두 사람의 고위 마법사가 있으면 당분간 막는 것은 어떻게든 될 것 같았다. 그사이 가나크가 무슨 수단을 쓰든 적들을 물리칠 것이다.

그는 그렇게 믿었다. 가나크가 죽었다고는 털끝만큼도 생각하지 않았다.

그러나 달라스의 등 뒤에서 누군가가 나타나 말했다.

"진도 머시도 모두 죽었습니다."

"너, 너는 라크!"

가나크와 똑같이 생긴 자. 그러나 영혼이 오염된 자는 자신의 주인을 알아볼 수 있기에 달라스는 라크를 바로 알아보았다.

라크가 살아서 나타나다니! 그렇다면 가나크는? 달라스는 절망적인 표정을 지었다.

그 모습을 본 라크는 차분한 목소리로 달라스에게 말했다.

"죄송합니다. 아직 회복이 덜되어서 그들을 제압하여 정화를 할 수는 없었습니다."

"이놈!"

달라스는 눈에 격노의 감정을 담아 라크를 노려보았다.

이에 반해 라크의 눈은 슬픔의 눈. 어쨌거나 과거의 동료라 할 수 있는 고위 마법사들을 스스로의 손으로 처리해야 한다는 것이 그의 마음을 무겁게 했다.

하지만 또다시 육체를 붕괴시킬 수는 없다. 이제 남은 육체가 없기 때문이다.

앞의 두 명과의 싸움에서 새로운 몸 안에 있는 마나를 모두 사용해 버려 마나 고갈에 이를 정도의 상태가 되었다.

슉.

감정과 이성은 다르다. 마법사는 특히 그렇다. 방금 전까지 상위 마법을 써서 기사단을 상대하던 달라스는 라크의 기습을 견디지 못했다.

라크가 만들어낸 빛의 창은 그대로 달라스의 가슴을 꿰뚫었다. 광범위한 환영과 그 속에 섞여 있는 소환물들을 조종하느라 방어 마법을 제대로 쓸 수 없었기 때문이다.

라크는 한숨을 내쉬며 걸음을 옮겼다. 서서히 희미해지는 그의 모습은 기사도, 마법사도 발견하지 못했다. 심지어는 암살자들도 라크의 은신 결계를 깨닫지 못했다.

어느새 라크는 스틸문을 벗어나 남부의 숲 안에 들어와 있었다. 아직도 현자의 탑에서 벌어진 마법사들과 제국군과의 싸움은 끝나지 않은 것 같았다.

밤이 깊었다. 숲의 나무 사이로 보이는 별들과 두 개의 달은 아름다웠다. 제국의 수도에서 벌어진 전쟁과는 전혀 무관한 그녀들이다.

"후우."

라크는 한 나무의 아래에 앉아 한숨을 내쉬었다. 피곤했다.

"이제 나오세요."

"허허허, 이제는 완전히 나를 인식하는군?"

허공의 한 부분이 무너지듯 일그러지더니 그 안에서 파라타가 나왔다.

"공간의 결계를 쳐서 마나의 파장을 막아도 영혼의 파장까지는 막지 못합니다."

"그걸 느낄 수 있다면 이미 인간은 아니라고 봐야겠지?"

"전 인간입니다."

"그래, 넌 인간이지. 아직까지는."

파라타는 의미심장한 표정을 지었다. 그리고는 잠시 뜸을 들였다가 말했다.

"이제 무엇을 할 거냐?"

라크도 잠시 뜸을 들였다가 대답했다.

"정령의 숲으로 갈 겁니다."

"그 뒤에는?"

"왜 묻는 겁니까?"

평소의 파라타와는 다른 모습이다. 왠지 모르게 라크를 경계하고 무엇인가를 꾸미는 듯한 얼굴 표정. 그리고 그것을 숨기려고도 하지 않는 자신감이 그의 눈빛에 나타나 있었다.

"짐작하고 있을 텐데? 넌 위험한 존재다. 마족과의 소환법을 비롯해 영혼과 빛의 상위 마법을 모두 알고 있지. 심지어는 그림자의 능력까지도 사용할 수 있다고 본다. 그렇지?"

"그렇습니다."

라크는 순순히 긍정했다.

사실 가나크의 몸을 얻고, ㄱ의 기억마저 모두 가진 이상 가나크가 연구해 낸 그림자의 마법도 모두 사용할 수 있게 된 라크였다. 드래곤인 파라타는 그것을 정확히 꿰뚫어 본 것이다.

"애초에는 너를 10년간 연구하는 것으로 끝내려고 했다. 기회를 봐서 탐린하고도 결혼을 시키고 싶었지. 그러나 생각이 바뀌었다."

"……."

"넌 거인족에게도 위험한 존재다. 우리 드래곤이 아니라면 감당할 수 없는 존재지."

처음에는 호기심이었다.

신기한 능력을 가진 라크에게 관심이 쏠리기는 했지만 그를 어찌할 생각은 없었다. 오히려 상급 마수인 뉴에게 어느 정도 경계심이 일었다. 소멸시켜 버릴까 하고 생각했을 정도였다.

그러나 지금은 다르다. 뉴란 상급 마수보다 라크에게 더욱 경계심이 생겼다. 그의 위험도는 상상을 초월할 정도라 파라타는 일부러 나서지 않을 수 없었다.

"어떠냐?"

파라타는 제안을 했다.

"무엇을 말입니까?"

대답하는 라크의 눈빛이 차갑게 변했다.

파라타의 태도를 보건대 그는 더 이상 라크의 편이라 할 수 없었다. 애초에도 좋은 의도는 별로 없는 파라타였지만, 지금은 거의 적의에 가까운 기운을 내뿜고 있었다.

"나와 함께 북부산맥으로 들어가자. 그리고 내 레어 옆에 숙소를 만들고, 그곳에서 평생을 살아라."

"저를 감금하겠다는 얘기로군요."

"그렇다! 나는 넌 더 이상 인간과 접촉해서는 안 된다고 판단했다."

한 번 마족과 계약한 육체! 비록 마족의 계약의 증거는 영혼에 각인된다고는 해도 라크는 언제든지 마족과 접촉할 수 있을 것이다.

어떻게 계약을 했는지 모두 기억하고 있기에 다시 재계약을 하는 것은 몇 배나 쉽다.

그리고 굳이 마족의 힘을 빌리지 않아도 라크는 마음만 먹으면 언제든지 세상의 모든 인간을 지배할 수 있는 존재가 되었다.

영혼의 오염, 라크는 그것을 본신의 힘만으로 쓸 수 있는 것이다.

라크는 파라타를 보았다. 파라타에게는 결코 원한이 있는 것이 아니다. 그렇다고 해서 파라타가 나쁜 놈도 아니다. 하지만 지금 그는 적이 되었다.

"후우, 저는 당신의 말에 따를 수 없습니다."

"흐음, 다시 한 번 잘 생각해 봐라. 네가 내 레어 옆에서 평생 벗어나지 않는다면 원하는 것은 대부분 들어줄 수 있다. 어차피 너는 마법사. 평생 동안 드래곤의 마법을 배우고 싶지 않으냐?"

"가장 중요한 것은 자유로운 마음입니다. 그것이 얼마나 소중한지 파라타님이 모르시리라고는 생각지 않습니다."

"자유? 우리 드래곤은 수많은 맹약에 묶여 있다. 자유라니? 그런 건 어차피 환상 속에서나 존재하는 것이다."

"그렇지 않습니다. 스스로 자유롭다 여기고, 그것을 소중히 여기면 자유로운 겁니다."

"정녕 내 제안을 받아들이지 못하겠는가? 넌 드래곤과 싸울 각오가 되어 있는가?"

"저를 공격하시렵니까?"

라크는 당당하게 서서 파라타에게 물었다. 정말로 파라타가 공격하면 싸울 수밖에 없다는 투였다.

파라타는 잠시 말없이 라크를 바라보다가 한숨을 내쉬었다.

"어쩔 수 없지. 난 이미 너에게 최선을 다해 경고를 했다."

말이 끝남과 동시에 파라타의 몸이 커졌다.

순식간에 거대한 봉우리만 하게 변한 그의 모습은 태어나서 자라난 본래의 모습이었다.

하얀 비늘은 눈처럼 빛났고, 두 눈에서는 서리처럼 차갑고, 날카로운 살기가 넘쳐흘렀다. 무엇보다 머리 위로 돋아난 두 개의 뿔에서 나오는 냉기가 하늘로 뻗어 올라 일대에 눈보라를 일으켰다.

"캬아아아아아!"

파라타는 크게 포효했다. 강력한 드래곤 피어가 사방으로 퍼져 나가 수풀 사이로 숨어 있는 작은 동물들을 겁에 질리게 만들었다.

동시에 바람과 물의 정령들이 사방을 둘러싸고 일종의 안개 결계를 쳤다. 숲의 바깥쪽에서는 안쪽에서 무슨 일이 일어나는지 알 수 없을 것이다.

"라크! 너를 잡아 평생 가두어두겠다."

파라타는 비정하게 선언했다.

"아무도 저를 가둘 수 없습니다."

라크는 드래곤의 피어에도 전혀 영향을 받지 않고 담담한 목소리로 대답했다. 그것이 파라타를 더욱 흥분시켰다.

"크와아아아아!"

분노가 섞인 냉기의 브레스가 라크를 덮쳤다.

드래곤의 브레스 중에서는 가장 파괴력이 약하다고 평가되는 냉기의 브레스이지만, 그것은 같은 드래곤을 상대로 했을 때의 이야기이다.

무엇보다 냉기는 직접 얼어맞지 않아도 주변이 모두 얼어붙기 때문에 인간이 가장 피하기 어려운 브레스이기도 하다.

라크 역시 인간이었기에 완전히 피하지는 못했다. 재빠르게 몸을 날려 중심부에서는 벗어났지만 땅에 깔려 퍼지는 냉기에 그의 전신이 얼어붙었다.

그러자 파라타는 앞발을 뻗어 얼음 기둥처럼 변한 라크를 잡아챘다. 부수려 하지는 않았지만 절대로 빠져나가지 못하게 손에 마력을 집중시켰다.

냉기가 다시 모이더니 라크를 둘러싼 얼음 덩어리가 더욱 커졌다.

"반영구적으로 얼음 속에서 머리를 식혀라. 미안하다."

파라타는 시작한 지 1분 만에 상황이 끝나자 한숨을 쉬면서 라크에게 사과의 말을 했다. 그것은 이긴 자의 오만이라고 할 수 있었지만 파라타는 그렇게라도 말하고 싶었다.

그런데 얼음 덩어리 속에 있던 라크가 눈동자를 돌려 파라타를 보았다. 그리고 허공에서 라크의 목소리가 울려 퍼졌다.

"이걸로 끝났다고 생각하십니까? 그럴 정도였다면 전 파라타님이 생각한 정도로 위험한 놈은 아니었을 겁니다."

파캉!

"크아아앗!"

드래곤의 마력이 집중된 얼음 덩어리가 일순간에 깨어졌다. 라크의 몸에서 흘러나오는 빛이 얼음을 깬 것이다. 그리고 그것은 거대한 불꽃으로 변해 파라타의 앞발을 지졌다.

파라타는 뜨거움을 견디지 못하고 라크를 놓았다.

드래곤의 앞발에서 벗어난 라크는 땅을 향해 추락했다. 그러는 사이 라크는 계속해서 주문을 시전했다.

슈욱, 퍼퍼픽!

세 개의 빛의 창이 파라타의 배를 뚫었다. 비늘이 갈라지며 피가 튀었다. 빛의 창의 날카로움이 오러 블레이드에 필적하다는 증거다.

동시에 라크는 자신의 그림자를 움직여 파라타의 다리를 붙잡았다.

그림자는 길게 늘어나서 갈고리 달린 밧줄처럼 다리를 칭칭 감았다. 그 압력은 파라타의 발을 조여 버티지 못하고 땅에 쓰러지게 할 정도였다.

쿵!

"이, 이놈이!"

분노에 찬 파라타의 목소리에도 라크는 대답하지 않았다. 드래곤을 상대로 싸울 때에 일순간의 여유나 방심도 허락되지 않는다는 것을 그는 잘 알고 있었다.

촤아아악—

빛이 그물처럼 퍼져 파라타를 덮쳤다. 그것에 닿은 비늘에서 치익, 하는 소리가 나며 놀랍게도 드래곤의 비늘에 자국이 생겼다. 그것에 놀란 파라타가 몸을 일으키려 하자 빛의 그물은 그를 움직이지 못하게 조였다. 힘을 주면 줄수록 그물은 비늘에 더욱 깊이 파고들었다.

"캬아아아아!"

파라타는 급히 정신을 집중하고 다시 한 번 라크를 향해 브레스를 쏘았다. 지금 중요한 것은 라크가 더 이상 주문을 연속해서 사용하지 못하게 막는 것이라고 판단했다.

라크는 이번에는 당하지 않겠다는 듯 단번에 그림자와 빛으로 이루어진 두 겹의 방어막을 쳤다. 브레스도 막을 정도로 강력한 방어막이다.

하지만 그사이 파라타는 마력 소거의 마법을 써서 빛의 그물의 일부를 지웠다. 그는 즉시 튕겨 오르듯이 일어나 라크를 노려보았다.

막상 싸워보니 예상보다 훨씬 강했다. 인간이라고는 생각도 할 수 없었다.

"강하구나. 드래곤인 나에게 필적할 만큼 강하구나!"

"강하다는 것은 상대적인 것입니다. 저는 아직 파라타님을 쓰러뜨리지 못했습니다."

이기지 못했으니 아직 강하다고 할 수 없다는 뜻이다. 그 말에 파라타는 자존심이 크게 상했다.

"너를 사로잡아 봉인하겠다고 한 것은 취소다! 이걸 받아봐라!"

콰드드등!

갑자기 하늘에서 벼락이 떨어졌다.

번개를 다루는 능력은 블루 드래곤이 가장 강하지만 다른 드래곤도 마음만 먹으면 할 수는 있다. 파라타는 이걸 기습하는 데 썼다.

라크의 방어막은 그것도 막았다. 그러나 워낙 충격이 커서 몸이 거세게 흔들리는 것은 어쩔 수 없었다.

파라타는 그런 라크를 꼬리로 강렬하게 후려쳤다. 방어막을 뚫을 생각이 아니라 방어막째로 날려서 안의 라크를 충격으로 격살시킬 생각이었다.

뻑!

"크윽!"

과연 라크는 피를 토하며 허공으로 떠올랐다. 방어막에 이런 약점이 있다고는 생각지 못했다. 상상을 초월한 힘과 파괴력이 있어야 가능한 방법이었다.

"크아악!"

궁!

파라타는 라크를 머리로 받아 땅에 처박았다.

뿔의 끝에는 강력한 마력 소거의 힘을 실었다. 전력을 다한 마력인만큼 방어막은 깨어질 것이다. 설령 안 깨어지더라도 이것으로 라크는 죽을 것이다. 인간이 감당할 수 없는 충격량이다.

그러나 파라타의 예측과는 달리 라크는 죽지 않았다.

샤아아아아—

그의 몸에서 뿜어져 나오는 빛이 몇 배나 강해져 있었다. 그 빛이 모든 충격을 흡수했음이 틀림없다.

오히려 뿔에 집중된 마나 소거의 힘이 사라지며 뿔의 일부가 빛에 닿았다. 그 순간, 콰직! 하는 소리와 함께 뿔에 금이 갔다.

파라타는 기겁을 하며 얼른 고개를 들었다. 라크가 비틀거리며 몸을 일으키고 있었다.

"어떻게 그런 힘을!"

파라타는 믿을 수 없다는 듯 중얼거렸다.

전력을 다한 마력 소거가 깨어졌다. 그것은 지금 라크가 발산하는 마력이 그의 것보다 강하다는 얘기가 된다!

라크는 지금이라도 쓰러질 듯 비틀거렸지만 눈만은 팔팔하게 살아 파라타를 노려보고 있었다. 몸에서 뿜어져 나오는 빛 또한 더욱 강해졌다.

"피할 수 있습니까? 나의 모든 것을 건 이 공격을?"

"커헉! 설마?"

입으로는 설마라고 해도 파라타는 느끼고 있었다. 라크가 가나크와 싸울 때 썼던 수법이다!

지금 라크는 육체를 마나로 바꾸려 하고 있었다. 육체의 한계를 벗어난 마나를 일순간에 모아 터뜨리려 하고 있었다!

그것은 파라타의 힘의 한계를 초월한다. 맞으면 죽는다!

파라타는 죽음을 느꼈다. 인간과 싸우면서 절대로 느낄 리 없는 죽음의 공포!

일 초도 되지 않는 시간 동안 파라타는 필사적으로 라크의 마지막 공격을 피하거나 막을 수 있는 방법을 생각해 보았다.

그러나 불가능했다. 저걸 감당하려면 드래곤 로드 정도가 아니면 힘들다.

'어떻게 하지? 그만두자고 할까?'

라크가 지금 하려고 하는 일은 같이 죽는 길이었다. 육체를 소멸시켜 마나로 바꾸면 파라타는 죽겠지만 라크도 살아남을 수 없다. 그만두자고 하면 라크는 그만둘 것이다.

그러나 그렇게 되면 드래곤으로서의 자존심은 완전히 구겨진다. 패배를 인정하는 꼴이다. 죽음보다는 그게 더욱 컸다.

'그린가? 나는 죽는 것인가?'

세상의 균형을 파괴할 수 있는 존재를 하나 제거하는 대가가 바로 목숨이라니? 손해 보는 느낌이 강렬하게 들었다. 그러나 이미 늦었다.

파라타는 전신의 마나를 모두 끌어모아 두꺼운 방어막을 쳤는데, 몸 전체가 아닌 공간의 일부분에 압축을 시켜 방패처럼 만든 것이다.

만약 라크의 마지막 공격이 이걸 뚫는다면, 그걸로 끝이다. 파라타는 라크와 함께 소멸되어 버릴 것이다.

시간이 정지된 것처럼 둘은 움직임을 멈췄다. 하지만 라크의 몸에서 뿜어져 나오는 빛과 파라타의 앞에 형성되는 방어막은 더욱 강해져 갔다.

일촉즉발의 순간이다. 삶과 죽음이 일순간에 결판날 것이다.

그러나 운명의 여신은 이들에게 마지막 선택의 기회를 주었다.

"멈춰요!"

숲의 저편으로부터 누군가가 외쳤다.

젊은 여자의 목소리, 라크는 그 목소리를 듣는 순간 자신도 모르게 고개를 돌렸다. 그의 눈 안으로 가장 보고 싶었던 여인의 모습이 들어왔다.

"시르카!"

라크는 크게 그녀의 이름을 불렀다.

바람의 정령의 도움을 받아 날아오고 있는 여자는 틀림없이 시르카였다. 그녀는 굉장히 고생을 했는지 머리카락은 헝클어져 있고, 피부는 매우 창백했다. 무엇보다 입가에 한줄기 가느다란 핏물이 흘러내리고 있었다.

라크는 이제 시르카와의 기억을 모두 되찾았다.

기억을 잃은 다음에는 막연하게 느꼈지만, 지금은 지난날의 추억이 애정에 대한 확신으로 변해 가슴 깊이 자리 잡고 있다.

그런데 시르카의 상태가 별로 좋아 보이지 않자 순간 이성을 잃을 뻔했다. 그는 즉시 몸을 날려 시르카에게로 달려갔다. 파라타는 무시해 버린 채.

모든 힘을 방어막에 집중하고 있던 파르타는 그걸 멍하니 보고만 있었다.

"어떻게 된 거야?"

"라크, 이곳으로 오는데 당신의 육체가 소멸되어서……. 당신이 죽은 줄 알았어요."

시르카는 원래 라크의 새로운 육체에 마법을 걸어놓았다. 그런데 라크가 그 육체를 소멸시켜 가나크를 쓰러뜨리자 시르카는 라크가 죽은 줄 알았다.

"나는 원래의 몸을 되찾았어. 새로운 육체는 가나크를 소멸시킬 때 같이 사라져 버렸지."

"역시 라크로군요! 그대의 눈빛만 봐도 알 수 있어요."

그녀는 극도의 슬픔에 잠겨 있다가 드라이어드의 속삭임으로 인해 이곳에서 라크가 싸우고 있다는 것을 알고 놀라 달려온 것이다.

시르카는 라크가 가나크일 것이란 의심조차 하지 않았다.

그의 육체가 소멸되었다는 것을 알면서도 지금 그녀의 앞에 있는 것이 라크라는 것을 첫눈에 알아보았다.

그녀를 향한 라크의 눈빛, 그리고 그녀의 머리카락을 쓰다듬는 손가락 하나에도 애정이 있었다. 가나크는 죽었다 깨어나도 이런 애정 표현을 할 수 없을 것이다.

시르카는 두 손으로 라크를 끌어안았다. 그리고 흐느껴 울었다.

라크가 살아 있다는 것에 큰 안도감을 느낀 듯했다. 그러다가 라크의 몸에서 나오는 빛을 보았다. 그리고 저쪽에서 뻘쭘한 표정으로 서 있는 파라타도 보았다.

시르카는 즉시 몸을 돌려서 파라타에게 갔다. 그리고는 최대한 정중하게 인사를 하고는 말을 꺼냈다.

"위대하신 존재이시여, 어찌하여 라크를 죽이려 하시는 겁니까?"

"음……."

파라타는 입을 다물고 대답하지 않았다. 그러자 시르카가 다시 말했다.

"잘못이 있다면 너그러이 용서를 해주십시오. 원하시는 것이 있다면 제가 숲의 마법사의 이름을 걸고 가능한 한 준비를 하겠습니다."

"허흠! 숲의 마법사는 티모라의 직계제자라 할 수 있지. 일족도 경의를 표하는 아크 메이지를 봐서라도 그대의 말은 무시할 수 없다. 하지만 저놈은 위험하다. 세상을 위협할 수 있는 존재인 것이다."

"라크가요? 그럴 리가 없습니다."

"그가 그럴 뜻이 없다는 것은 안다. 하지만 그는 충분히 그럴 능력이 있다."

"아! 그럼 위대하신 존재께서는 라크의 능력을 우려하시는 거군요."

"그렇다. 그가 비록 강하나 난 나의 존재를 걸고 싸울 필요가 있다."

파라타는 자신의 자존심을 걸고 말했다. 대기를 울리는 드래곤의 목소리는 엄격한 심판관의 판결과도 같이 비정했다. 그러나 시르카는 고개를 저으며 말했다.

"그렇다면 세상을 위협할 능력이 있는 또 다른 존재가 있습니다. 위대하신 존재께서는 그자와 먼저 싸우셔야 할 겁니다."

"또 다른 존재라고? 그런 자가 있단 말이냐?"

"있습니다. 바로 드래곤 로드입니다."

"뭐라고!"

"물론 드래곤 로드는 세상을 위협할 마음이 없을 것입니다. 하지만 그가 그럴 능력이 있다는 것은 확실하지 않습니까?"

"크흠, 그건 사정이 조금 다르다. 드래곤 로드는 절대로 그럴 수가 없다. 강력한 규율이 그를 보호하고 또 구속한다. 나는 이미 저자에게 나와 함께 있을 것을 제안했다. 하지만 그는 어떤 구속이나 규율도, 받으려 하지 않는다."

"인간은 원래 그런 것입니다. 그대는 설마 대마녀께서도 구속과 규율에 얽혀 살았다고 말씀하시는 겁니까? 또한 제국의 초대 황제이신 레오 가이안 1세 폐하께서도 그랬다고 생각하시는 겁니까?"

"커험."

역사와 전설을 통틀어봐도 대마녀가 세상의 평화와 균형을 위해 스스로를 구속했다는 이야기는 없다. 오히려 원한을 갚기 위해 대륙의 모든 마법사들의 씨를 말리다시피 했다는 소리가 있다.

티모라가 말한 자들은 모두 인간으로서는 생각하기 어려울 정도의 강함을 가진 자들로, 말하자면 혼자의 힘으로 세상을 위협할 수 있는 존재라 할 수 있었다.

그들은 드래곤과도 친하게 잘 지냈다고 한다. 특히 대마녀는 드래곤에게 존경을 받아 아크 메이지의 칭호를 받았을 정도이니 말 다했다.

파라타는 할 말이 없었다.

사실 그가 라크를 어떻게 하겠다고 한 것은 라크가 자신보다 약하다고 생각했기 때문이다. 드래곤으로서 인간을 무시하는 마음이 있었기에 일방적으로 상대를 잡아 가둘 생각까지 하게 된 것이다.

그는 지금 깨달았다. 자신이 실수했음을! 그걸 깨닫게 한 것은 라크의 강함이었다.

그는 잠시 생각을 하다가 시르카에게 말했다.

"이곳에서 기다려라. 난 드래곤 로드에게 갔다 오겠다. 그분께서 모든 일을 결정할 것이다."

그리고는 대답도 듣지 않고 그대로 휘익— 공중으로 떠올랐다. 사실 그는 이쯤에서 발을 빼고 싶었기에 시르카의 항의에 넘어간 척했다. 안 그랬으면 최소한 라크를 잡아 드래곤 로드 앞에 데려갔을 것이다.

바람의 최상급 정령이 둘이나 소환되어 파라타의 날개 밑에서 들어올리는 것이 시르카에게는 똑똑히 보였다.

어시간히 급힌 모양이다. 얼마 안 있어 파라타는 허공 저편으로 사라져 버렸다. 드래곤 로드가 산다는 하이엔드 산이 있는 서쪽 방향이었다.

그때서야 시르카는 긴장이 풀린 듯 뒤쪽으로 다가온 라크에게 살짝 기대어 안겼다.

"갔어요."

"그렇군. 후우."

"뉴는요?"

"놔두고 왔어. 나중에 영혼의 탑에서 만나기로 했지."

듀플과 만난 뉴는 어느새 상당히 친해져 버렸다.

라크는 뉴가 당분간 듀플과 헤어지고 싶어 하지 않는 것을 눈치 채고는 그를 듀플의 머리 위에 놔두고 나왔다.

태어났을 무렵부터 키워왔고, 나중에는 오히려 뉴에게 많은 도움을 받았다. 하지만 이제는 어느 정도 성장했으니 라크 혼자만 독점할 수는 없었다.

시르카는 그런 라크의 설명을 가만히 듣고 있었다. 그리고는 라크의 말이 끝나자 조용히 물었다.

"이제 어떻게 할 거예요?"

"어떻게 하다니?"

"드래곤이 이곳에서 기다리라고 했잖아요."

"그 드래곤은 무시해. 원래부터 조금 엄한 구석이 있는 놈이었어."

"풋, 드래곤을 그런 식으로 말하는 사람은 라크가 처음일 거예요."

"꼭 그렇다고 할 수는 없을걸? 눈앞에 없는 상대는 누구라도 욕할 수 있어."

"그래요. 그럼 떠날까요?"

"응, 일단 상황이 조금 좋아질 때까지 같이 대륙을 돌아보자고."

"그것도 좋아요. 전 현자의 탑과 정령의 숲 이외에는 가본 곳이 많지 않으니 이참에 많은 곳을 둘러보고 싶어요."

"응. 하지만 일단 하이얀 산맥에 가서 72개의 마나집적 마법진을 부수는 게 좋겠어."

"마나집적 마법진을요?"

현자의 탑에 그토록 많은 마나를 모아준 것이 바로 72개의 마나집적 마법진이다.

천 년도 더 전에 천족과 드래곤의 힘을 빌려 만들어졌다는 그 마법진들이 있었기에 현자의 탑이 힘을 얻을 수 있었다. 그런데 라크는 그걸 부수겠다고 한다.

"현자의 탑은 양날의 검이야. 그 마법진이야말로 세상을 위협하는 힘이지."

"그렇군요. 하긴, 부수는 것도 나쁘진 않겠네요."

시르카는 잠시 생각을 하다가 미소를 지으며 동의했다. 어차피 라크가 하려는 일은 모두 도울 생각이었기에 그녀는 라크의 의견에 반대하지 않았다.

가야 할 곳이 결정되자 그들은 걸음을 옮기기 시작했다. 이미 지쳐 있고, 상처까지 입은 두 사람이었지만 발걸음은 더할 나위 없이 가벼웠다.

인간의 한계를 벗어나 고위 영격체가 될 수 있는 길목에 서 있는 라크, 그는 그런 것 따위는 전혀 원하지 않았다. 그저 시르카와의 여행이 지금 이 순간 라크의 마음을 가득 채우는 모든 것이라 할 수 있었다.

*   *   *

현자의 탑의 고위 마법사들이 반역을 꿈꾸고 마법사들을 모아 세뇌시키며 시작된 음모는 며칠 후 제국의 황실에서 정식으로 발표되었다.

음모의 내용은 여황의 납치와 대규모 마법진으로 수도 내의 모든 인간들에게 마법을 걸려고 한 흉악한 음모!

사람들은 치를 떨며 마법사들은 역시 위험한 자들이라고 말하기 시작했다.

그나마 소멸의 마법사와 빛의 마법사가 목숨을 걸고 음모를 밝혀내었다는 사실이 그나마 마법사들이 크게 손가락질당하지 않는 이유가 되었다.

어쨌거나 하룻밤 사이에 수천에 달하는 마법사가 죽고, 제국의 정예도 상당수 손실을 입었다. 그나마 초반에 빛의 마법사에 의해 고위 마법사들이 모두 죽지 않았다면 기사단의 피해가 얼마나 커졌을지는 아무도 예측하지 못하리라.

여황은 이 일에 대한 심한 유감을 표시했다. 그리고 당분간 현자의 탑의 재건은 없을 것이라고 선포했다.

당연하다면 당연한 일이다. 하지만 이 일로 인해 대륙에 있는 마법사들의 수준이 크게 떨어지게 되었다는 것은 말할 필요도 없다.

은밀히 떠도는 소문에 의하면 대륙에 남아 있는 고위 마법사는 단 네 명, 빛의 마법사, 숲의 마법사, 방랑의 마법사, 그리고 영혼의 마법사이다. 그리고 탑 중에 남아 있는 것은 영혼의 탑과 방랑의 탑뿐이라고 했다.

단지 두 탑은 모습을 감추고 있을 뿐이다. 방랑의 탑은 원래부터 아무도 위치를 몰랐고, 북부 산맥에 있던 영혼의 탑은 심한 눈보라에 의해 아무도 들어갈 수 없는 절지로 변했다.

영혼의 탑의 주인은 뉴인데, 그는 이후 수백 년에 걸쳐 자신의 동료인 듀플과 함께 탑 안에서 많은 마법 연구를 했다.

그것은 바로 미수를 위한 마법! 그로 인해 듀플은 물질계의 마나에도 적응을 했다.

어쨌거나 그들은 인간에게 마법을 가르칠 마음이 전혀 없었다. 그저 가끔씩 만나는 라크와 그의 후예들하고만 교류했다.

자유와 방랑의 탑은 제논이 클라우드를 이어 탑의 주인이 되었는데, 20여 년에 걸쳐 지하 수맥에서 탑을 재구성한 그를 클라우드는 다시 데려다가 반강제적으로 가두어놓고 피의 마법까지 전수시켰다.

이로 인해 방랑의 탑은 이동과 조사, 변화, 그리고 치유에 대한 비전을 가지게 되었지만 탑의 규율에 따라 다른 마법사들에게 전혀 마법을 전하지 않았다.

라크의 경우는 탑이 없어도 전혀 지장이 없을 정도로 그 능력이 강력해졌다.

그에게는 세상 모두가 탑이라 할 수 있었다. 또한 그는 빛, 영혼, 불, 얼음, 그림자, 규칙, 환상, 마화 등등의 거의 대부분의 상위 마법의 비전을 알고 있었다.

그 위에 티모라의 마법서이자 연구실인 공간의 반지까지 지니고 있으니 가히 아크 메이지라고 할 만했다.

그러나 어느 순간부터 라크는 마법에 대한 연구를 그만두고는 아무도 모르게 정령의 숲에서 시르카와 함께 살았다.

그리고 둘 사이에 낳은 자식들 중 가장 재능이 뛰어난 아이에게 빛의 마법의 구결을 전했다. 다른 모든 것은 공간의 반지에 저장해 두었다.

세월이 흘러 두 사람의 자손들 중에 깨달음을 얻어 공간의 반지에 들어갈 수 있게 된 사람도 있었다.

그러나 그 후손도 반지의 연구실 안에 적혀 있는 라크의 유언에 따라 세상에 자신을 드러내지 않고 조용히 홀로 존재했다.

아는 존재만 아는, 세상을 위협할 수 있는 강대한 마법사는 항상 역사의 뒷면에 존재했다.

숲의 마법은 시르카에 의해 다음 대의 숲의 마법사에게 전해졌는데, 이것은 샤먼만 사용할 수 있는 마법이기 때문에 다른 사람들은 아예 배울 수도 없었다.

결국 상위 마법의 가르침은 모두 끊어져 이후에는 룬어에 기반한 서클 마법의 시대로 돌아가 버렸다.

이것으로 가이안 제국 초기부터 크게 흥했던 마법의 전성시대는 끝났다.

대륙의 마법사들은 더 강력한 마법의 경지를 배우기 위해 이들 두 탑과 네 명의 고위 마법사를 찾아다녔지만, 그들은 끝내 사람들 앞에 모습을 나타내지 않았다.

기나긴 역사에 비교하면 아주 짧은 전성기였지만 그 후로도 마법사들은 항상 이 시절을 말했고, 또다시 이루기 위해 노력했다.

『샤이닝 위저드』終

Epilogue

에필로그

파라타는 열심히 날아 드래곤 로드의 레어로 갔다. 그리고는 드래곤 로드 아이오브에게 모든 사실을 보고했디.

황금색의 아름다운 비늘을 가진 골드 드래곤 아이오브는 조용히 파라타의 열변을 들었다.

"어떻게 할까요? 아무래도 라크란 놈은 너무 위험하지 않을까요?"

"너, 제정신이냐?"

드래곤 로드는 한심하다는 표정을 지었다. 방금 전까지 위엄에 찬 모습은 사라지고 기가 막힌 드래곤의 모습을 확연하게 드러내 보였다.

"예?"

"세상을 위협하는 놈도 아니고, 위협할 능력을 가졌다는 이유만으로 구속을 하고 죽이려고 해? 마룡이라 불리고 싶은 거냐?"

"아니, 그게요. 위험한 건 위험하잖아요. 인간이 그런 힘을 지니고 있으면 사고를 칠 가능성이 높다고 보는데요."

파라타는 최선을 다해 자신의 결정의 근거를 주장했다. 그러나 아이오브에게는 전혀 받아들여지지 않았다.

사실 아이오브는 소싯적에 파라타가 상상도 하기 어려운 사고를 치고 다닌 몸, 그랬기에 어떤 변명을 하든 사고는 사고라는 것을 너무나도 잘 알고 있었다.

"사고를 치고, 사고를 당한 사람과 계약을 한 뒤에는 죽이든 구속하든 할 수 있겠지. 계약을 하지 않아도 조금 무리하면 제거할 수는 있어. 그런데 사고도 치지 않은 놈을 어떻게 처리할 수가 있다는 거냐? 마족이지? 너, 마족에게 획하니 넘어가서 마룡이 된 거지?"

"아, 아닌데요!"

"아니긴 뭐가 아니야! 그리고 말이야, 인간과 거인족을 접붙이려고 하다니? 그게 우호적 계약을 맺은 드래곤이 계약자에게 할 일이냐? 어디 드래곤 망신시킬 일 있어?"

"아! 그건 말이에요."

말을 하다 보니 탐린의 일까지 다 설명해야 했던 파르타였다. 그런데 잘 생각해 보니 그건 사실 별로 자랑할 일이 못 되었다.

특별히 금기를 어기는 것은 아니지만, 그야말로 드래곤의 체면을 손상시키는 일인 것이다.

괘씸죄로 걸리기에 충분할 정돈데, 아이오브는 금기를 어기는 드래곤보다 오히려 괘씸죄로 걸리는 드래곤을 더욱 잔혹하게 처벌하는 성격이었다.

파라타는 급히 변명을 하려고 했지만 이미 늦었다.

아이오브는 그녀의 황금빛 눈을 파르르르 떨며 앞발로 파라타의 뿔을 잡았다. 그리고는 가늘고 나지막한 목소리로 말했다. 그녀가 가장 화가 났을 때에 내는 목소리였다.

"이게, 북쪽에서 눈이나 파먹고 조용히 살 일이지 왜 나돌아다니면서 드래곤 망신을 시켜? 너, 나 로드 된 지 천 년도 안 됐다고 무시하는 거지! 그렇지!"

"아닙니다! 정말이에요!"

"웃기지 마라! 내 선대의 로드께 기어오르는 놈은 확실하게 밟으라고 교육을 받았지. 그러니 밟혀라!"

휘익, 콱!

쿵!

아이오브는 정말로 말한 대로 위로 몸을 날려서 뒷발로 파라타의 머리를 밟아 땅에 뭉갰다. 이미 앞발에 뿔을 잡혀 있던 파라타는 피할 수가 없었다.

그 뒤로 파라타는 땅에 그의 몸 전체가 들어갈 만한 구덩이를 머리로 팠다. 드래곤 로드가 체중을 실어 밟으니 땅이 푹푹 파였다.

그리고는 그대로 생매장되어 땅속에서 전대 드래곤 로드가 특별히 만든 대드래곤 형벌용 바퀴벌레한테 뜯어 먹히며 일주일을 지냈다.

드래곤의 비늘을 뚫고 살을 뜯어먹는 마법의 바퀴벌레는 드래곤에게 가장 치명적인 무기 중 하나이자 살아 있는 고문 도구라 할 수 있었다.

죽지는 않아도 전신에서 참을 수 없는 간지러움을 느낀다. 무엇보다 바퀴벌레에게 뜯어 먹힌다는 심한 굴욕감을 맛봐야 한다.

드래곤 로드의 위엄을 세우기 위한 강력한 무기였다.

일주일이 지나 거의 시체처럼 변한 모습으로 겨우 땅 위로 나온 파라타는 다시 아이오브의 잔소리를 한참 들은 다음, 탐린을 거인 마을로 데려다 주기 위해 떠났다.

원래 거인족은 인간의 구역에 들어와서는 안 되는 것이다.

"그 아이를 데려다 주고, 내가 허락할 때까지 레어에 박혀 있어! 숨이라도 크게 쉬었다가는 다시 땅속으로 들어가는 거다!"

등 뒤로 들려오는 아이오브의 목소리에 파라타는 진한 두 줄기의 눈물을 흘리며 묵묵히 밤하늘을 날았다.

아이오브는 그런 파라타를 보며 한숨을 쉬었다.

"결국 이렇게 세상에는 위험 요소가 또 하나 늘어나 버렸군. 뭐, 어차피 그런 존재가 한둘이야? 그런 자들끼리 알아서 균형을 맞추니까 물질계가 무사히 잘 돌아가는 거지. 이제 와서 새삼스럽게 놀랍지도 않아."

그녀는 그렇게 자조하듯 중얼거리며 고개를 절레절레 흔들었다.

김운영입니다. 제 다섯 번째 이야기를 끝까지 읽어주셔서 감사합니다.

샤이닝 위저드—빛의 마법사는 제가 처음으로 쓴 마법사를 주인공으로 하는 소설입니다. 그동안은 기사, 검사, 바드, 극강 먼치킨을 주인공으로 썼지요.

소설 전반에 흐르는 주요 테마는 바로 그림자와 영혼입니다. 그림자가 주인공인 소설을 쓰고 싶었고, 그것으로 인해 육체의 한계를 벗어날 수 있는 깨달음을 얻게 된다고 설정했습니다.

또한 제 소설의 마법관의 기본인 마법이 마족의 능력이라는 것과 그것이 신성력과는 서로 상반되는 힘이라는 것을 전제로 해서 오히려 그들의 반발력을 이용한 마법의 강화를 또 다른 소재로 했습니다.

이것은 제 다른 소설인 바드킹에서 잠깐 나오는 내용이기도 합니다만, 그걸 전대의 대마녀인 티모라가 연구해서 정립한 것이 바로 빛의 마법인 것입니다.

나름대로 많은 아이디어와 치밀한 구성과 함께 시작한 소설입니다만, 동시에 매우 시험적인 진행 방식을 택하기도 했습니다.

　그것은 기존에 제 소설의 방식과는 전혀 다른 것인데, 바로 추리적인 기법의 도입입니다.

　원래는 처음부터 주인공이 그림자라는 사실을 밝히고 그림자가 가지는 고뇌와 인간과 다른 발상에 대해 다루려 했습니다만, 막상 처음 글을 시작하려고 자리에 앉아 키보드에 손을 댄 순간 또 다른 방식에 대한 유혹이 찾아오더군요.

　그래서 결국 주인공의 정체를 숨기고, 1권 끝부분까지 이야기를 진행했습니다. 그리고 또 다른 음모의 전제를 드러내지 않은 채 2권을 진행하게 된 것입니다.

　새로운 방식에 대한 도전이라고 할 수 있었는데, 이게 사실은 약간 즉흥적인 시험이었기 때문에 허술한 면이 많았던 것 같습니다.

　지금 소설을 끝내고 보니 초반부에 더욱 흥미진진하고 재미있게 쓰지 못한 것이 마음에 걸리는군요.

　기왕 시험적인 진행 방식을 도입하려고 했다면 준비가 더욱 철저했어야 한다고 생각하게 되었습니다. 그랬다면 조금은 더 나은 이야기가 되었을 텐데 하고 아쉬움의 감정이 일어나기도 합니다.

　항상 하나의 이야기를 끝낼 때 느끼는 두 가지 감정, 그것
은 아쉬움과 성취감인 것 같습니다. 이 감정들과 이번 이야기
인 샤이닝 위저드를 쓰는 동안에 얻은 무엇인가를 토대로 다
음번에는 조금이라도 발전된 모습을 보여드리기 위해 노력하
겠습니다.
　그럼 독자 여러분들께 다시 한 번 감사의 말씀을 드리며 이
만 줄이도록 하겠습니다.

2007년 1월.
김운영 올림.

청어람 판타지의 재도약!!

혁신과 **참**신함으로 무장한
새로운 판타지 전문 브랜드의 탄생!

「알바트로스」
Albatros

판타지계의 커다란 근간을 이뤄온 청어람 판타지 소설!
새로운 브랜드 「알바트로스」라는 커다란 날개를 달고
거대한 웅비를 시작합니다.

알바트로스는 판타지의, 판타지를 위한 개척자이자 도전자로 존재하겠습니다.
알바트로스는 형식적이고 나태해진 판타지계의 구습을 벗어나겠습니다.
알바트로스는 판타지계의 도약을 위한 든든한 날개 역할을 묵묵히 수행합니다.
알바트로스는 변화와 혁신을 통해 새롭게 태어날 환상 공간입니다.
알바트로스는 판타지를 아끼고 사랑하는 이들을 향한 청어람의 굳은 약속입니다.

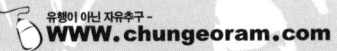

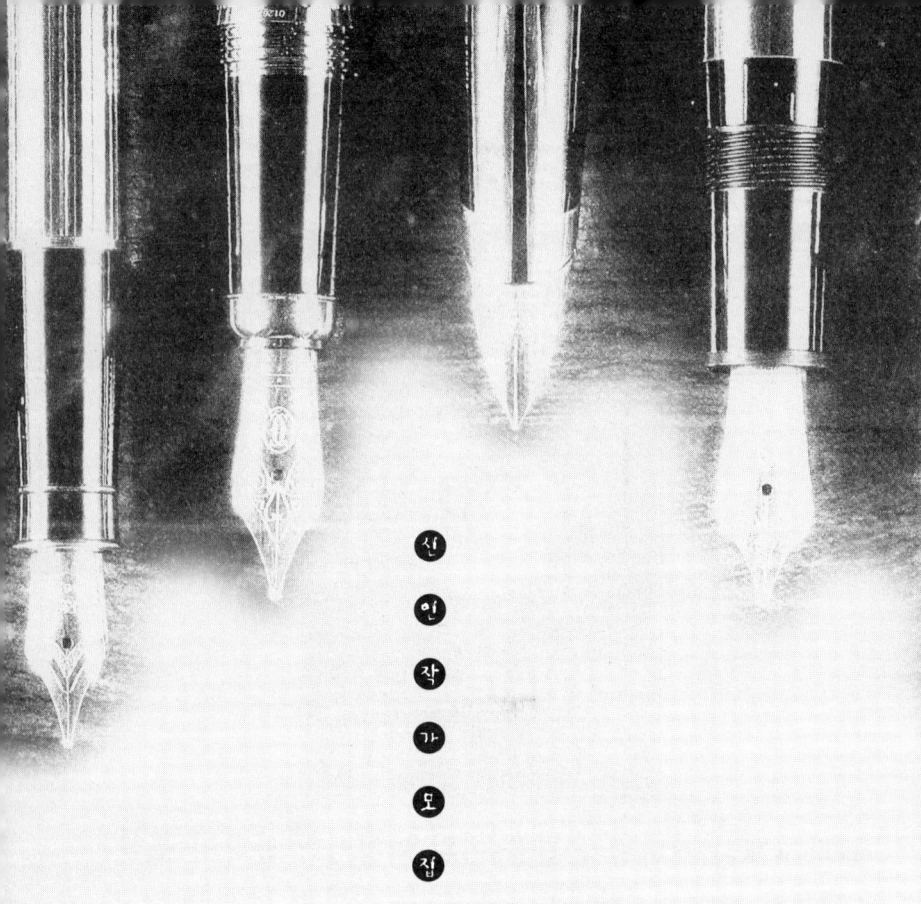

신
인
작
가
모
집

시작이 반이라고 했습니다.
작가의 길에 대한 보이지 않는 벽을 과감히 깨뜨리십시오!
청어람은 작가 지망생 여러분들의
멋진 방향타가 되어드리겠습니다.

저희 도서출판 청어람에서는
소설 신인 작가분들을 모집합니다.
판타지와 무협을 사랑하시는 분들의 많은 참여를 바랍니다.
소정의 원고(A4용지 150매)를 메일이나 우편으로 보내주시면
검토 후 출판 여부를 알려드리겠습니다.

주소:경기도 부천시 원미구 심곡1동 350-1 남성B/D 3F 우편번호420-011
TEL:032-656-4452 ·**FAX**:032-656-4453
http://**www.chungeoram.com**
e-mail:chungeoram@chungeoram.com

초등학생이 반드시 읽어야 할 좋은 책 49권

각 학년별로 초등학생이 반드시 읽어야할 좋은 책을 선정하여 통합논술의 기본이 되는 '올바른 독서법'을 일깨워 줍니다.

교과서와 함께하는
초등학교 통합논술

초등1학년 | 값 12,000원 / 초등2학년 | 값 9,500원 / 초등3학년 | 값 11,000원 / 초등4학년 | 값 9,500원 / 초등5학년 | 값 9,500원 / 초등6학년 | 값 11,000원

♣ 혼자 할 수 있어요.
엄마가 책 읽는 방법을 가르쳐 주어도 좋아요.
독서지도하는 선생님이 가르쳐 주어도 좋답니다.
"초등 교과서와 함께하는 **통합논술 시리즈**"는
아이 스스로 독서할 수 있도록 꾸며진 책이에요.
엄마와 선생님은 요령만 가르쳐 주시면 된답니다.

♣ 교과서의 중요한 내용이 총정리되어 있어요.
각 학년별로 중요한 교과 내용이 함께 수록되어 있어요.
초등학생은 교과서 내용을 충실하게 공부해야 합니다.
아울러 그와 병행한 독서가 대단히 중요하지요.
"초등 교과서와 함께하는 **통합논술 시리즈**"는
두가지 방법 모두 알려준답니다.

♣ 이 책은 훌륭하신 선생님들이 함께 쓰신 책이랍니다.
동화작가 선생님들이 쓰셨어요. 소설가 선생님도 쓰셨답니다.
국어 논술독서지도 선생님들도 함께 쓰셨지요.
"초등 교과서와 함께하는 **통합논술 시리즈**"는
엄마의 마음으로 모든 선생님들이 함께 꾸민 책이랍니다.

잘나가고 싶은 사람은 읽어라!

**그에게 한눈에 반했다! 그것은 분위기 탓?
애인과 나란히 걸어갈 때 당신은 좌, 우 어느 쪽에 서는가?
이성은 왜 서로 끌리는 걸까? 그 심층 심리를 해명한다!**

30초의 심리학

■ **30초의 심리학**
아사노 하치로우 지음 / 계일 옮김 | 값 8,500원

처음 본 사람인데 와 닿는 느낌이
너무나도 강렬한 사람이 있다.
흔히 하는 말로 '필이 꽂힌 사람',
그래서 잊혀지지 않는 사람,
한눈에 반했다고 하는 것이 바로 그것이다.
이런 인간의 감정을 논하는 데
남녀의 구분이 있을 수 없다.
사랑하는 그, 혹은 그녀를
생각하는 것만으로도 가슴이 두근거린다.
이상할 것 없다. 당연히 그럴 수 있는 것이다.
그렇기에 인간을 감정의 동물이라 하지 않는가.
그러나 그렇게 좋아하는 그 사람이
어느 날 갑자기 싫어지는 경우는 왜일까?

Psychology